薪火

林華泰茶行 老三的故事

林秀全 著

博客思出版社

逝水年華中的永恒

為一本講故事的書作序

與秀全兄結識，正是他所說〈愛恨情仇話數學〉的源起。只是那醉月湖畔的大學四年中彼此並不熟，大概是各自在修羅道場中掙扎著求生存，忙得無暇他顧，也或許當年大多數男女生還是楚河漢界，少有往來。到了畢業後方才聽說他是台灣有名茶行的少東，很惋惜沒有利用同學關係買點打折扣的茶！數十年斗轉星移，於太平洋的另一端聯絡上，才算開始認識他。秀全兄住在人傑地靈的普林斯頓，我多半在山柔水軟的加州，彼此千里迢隔見面機會甚少。除了偶爾通通電郵或電話，真正認識他泰半還是靠閱讀他的大作。在這過程中我不斷發現他種種的才能令人讚嘆，也深覺他值得更多的人去認識了解以至效法。記得我兩年前看完幾篇旅遊的文章後由衷地勸他出書，他那時說有此意，如今欣然見到他的大作付梓，真是為廣大的讀者群慶幸。

書中兩篇文章〈愛恨情仇話數學〉以及〈燦爛的笑容〉提到了當年唸數學的經歷，個中五味非過來人是不可能體會得到，甚至不能相信。記得一次考試完畢，幾個女生走在星月無光的椰林道上，忘了誰說每天會經過一個工廠，見到那些女工上下班都嘻嘻笑笑，一副無憂無慮的樣子，回頭看看自己，覺得還是當女工好。花樣年華，如詩歲月，我們卻過著這種吃黃蓮的日子，難怪四年後畢業的人數大約是當初入學時的一半。不過可能也是因為這種浴火重生的歷練，讓我們即使當年不熟的同學在多年後重逢時也有別樣的親切感，就像是槍林彈雨下從同一個戰壕中搏命出來的小兵，一輩子都有袍澤情誼。雖然我們唸數學的過程鮮少風和日麗，這一番異於尋常的人生體驗總是，一定會發現他對人生有極高的挑戰性，有超乎常人的堅忍，也有那看盡繁華雲淡風清的恬適，固然他生性如是，數學系的千錘百煉或許更加強了這些特質。老同學中不論是否堅持走數學的路，在各種行業裡頗多一方翹楚。記得我入工業界前教書的歲月中，總是筆下打分極寬，講課時著重在如何提高學生們對數學的欣賞。當年的經歷畢竟對我們有各樣的正面影響，因此奉勸秀全兄下次再回舊地，還是進數學館看看，憑弔一下古戰場！

多數的人是喜歡旅遊的，我亦如是，基於種種原因或藉口，除了來去匆匆的出差，放開心懷的旅遊卻很少，為此讀起秀全兄飛鴻掠影的遊記尤其心喜。他到過的地方多不說，不同流俗的是他喜歡去人踪少而有奇景的偏遠之處。我的地理不通，方位難辨，若非年少之時勤修金學（金庸的武俠小說），勢必連五嶽也不知，碰到全球地理更是輕而易舉得就移山倒海，所以看秀全兄的遊記常需上網查地圖，倒是因此補回一些地理常識，真是一舉兩得。他所到之處有的是我打算將來去的（例如〈阿拉斯加之旅〉、〈雨林和海島〉），有的絕對不會駐足（好比〈毗鄰天涯〉、〈狗橇行〉），為此藉他流暢的文筆與生動的述說臥遊天下，不論那一篇都欣賞得津津有味。秀全兄的攝影技術也是一流的，一面讀他精彩的文章，一面對照鏡頭中留下的永恆美景，真是賞心悅目。

一個人真正的個性以及他的價值觀，最能見於他的喜好，遊樂，平日生活中的作為。讀者從〈幸福的滋味〉、〈非賭徒〉、〈血拼萬萬歲〉、〈永遠的帕叔〉、〈機遇〉、〈雨林和海島〉這幾篇文章中充分可以明心見性，看到秀全兄為人處世的境界。成文如行雲流水，語帶詼諧，令人一開始看就放不下手，

其間更往往捧腹大笑，拍案叫絕，可是看完之後，餘韻猶存的是他的胸中丘壑以及發人深省的人生哲理。秀全兄的自序中說出書好給子孫及朋友們欣賞，要知說大道理的文章少有人喜歡看，這種藉著輕鬆的話題不著痕跡的暗下警語，正是他的高明之處。

秀全兄是個充滿愛心，至情至性的人，不認識他的人從他〈生日快樂〉、〈從普林斯頓到波士頓〉、〈幸福的滋味〉就可以輕易看出。他的遊記中也處處流溢著對家人的深情，對朋友的體恤，以及對陌生人的關懷。他對朋友的照顧，我有親身的經驗。有一年我先生建議帶著我媽媽，我們三老一起出遊。我請教秀全兄應去何處，他細心地考慮了我們每一個人時間或體能上的限制，提出去加拿大的班芙（Banff）。朋友做到此地也就罷了，誰知他打電話來，叫我上網與他一起看谷歌（Google）地圖，從出卡加利（Calgary）飛機場之後怎麼走一一詳說，其中包括在中國城吃午飯，購買比別處便宜的吃食飲料。接下來每一天去哪裡賞玩風光，下塌何方，開車駛哪一條大道，步行走哪一支小徑，有什麼景點，看什麼動物，無不仔細交代。我拿出比當年做學生寫筆記強十倍

的注意力，抄了好幾張紙。成行後我們看著筆記，件件照辦，果然玩得盡興。不用說人，秀全兄就是對動物，也是有著大大的善心，在〈狗橇行〉中可見一斑。我每次想起他被狗狗們放鴿子就笑得喘不過氣來。他一片慈心在攀登谷地時下來幫著推雪橇，卻被狗兒們上去之後撂下他飛奔而去，沒有同情心的人上坡也不會下橇伸以援手，也就不至於在大雪覆蓋的山林中茫然四顧了。這麼樣的一個人，有著一片深厚愛心又兼一派霽月光風的胸懷的人，在下筆寫〈薪火〉時該是如何地沉痛呢？我不忍心問，不敢妄自揣測，只好搖頭輕嘆。

〈薪火〉中的那一脈茶香，好似從字裡行間飄散出來，令人神醉。茶行的歷史，也是台灣史上一筆美麗的風景，如此薪火的確應該傳承下來。秀全兄為學做事無不出人頭地，以賓大作業研究大博士的能耐，一秉顧客為上的宗旨，親自改革茶行運作，當然是立竿見影，成效斐然。讓我們祝他早日擺脫所有的不愉快，

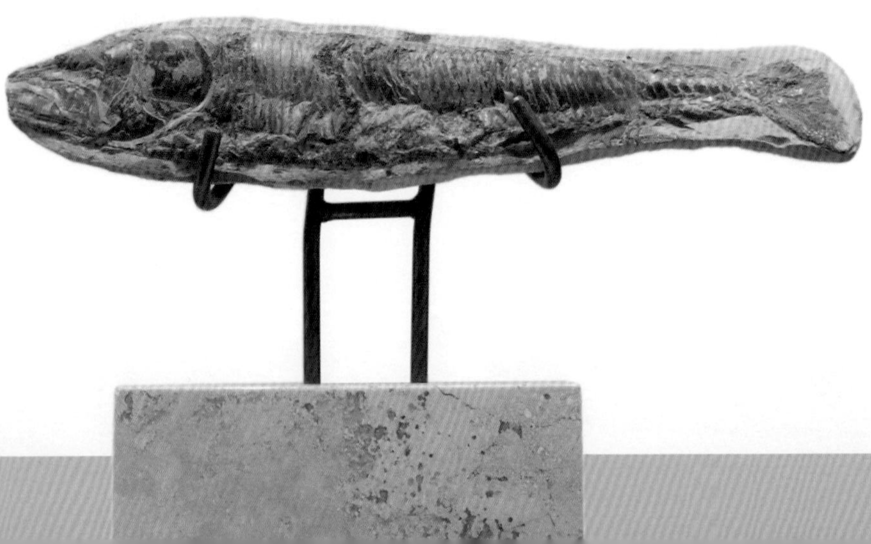

回到拈花微笑的境界，在茶香飄浮中為他下一本文集繼續著述。

沈念祖　寫於二〇一三年三月春寒料峭的南加州

自序

仍在努力仍要努力

人過半百就多少會想將一生所經歷過的事寫下來，做一個回憶錄。升斗小民留下這份記錄大概也不會有什麼偉大的目的，給自己無聊時翻翻？和朋友經驗分享？讓子孫聽些故事？都可以說是我想將近年來完成的文章編印成冊的理由。

這是我的第一本書。主要是寫我在過去二十年來的生活點滴，每一個故事都毫不保留地寫下真誠的情感，讓讀者能和我有同樣的感受，歡樂也好，難過也好，讓你身歷其境，與我同享。我自知一生歲月，樂多苦少，苦也都能化險為夷。因此，讀起來同甘多共苦少。命也運也，我是時時要感謝老天待我不薄的人。甚至要找一個日子過得比我更多彩多姿的人也不容易。

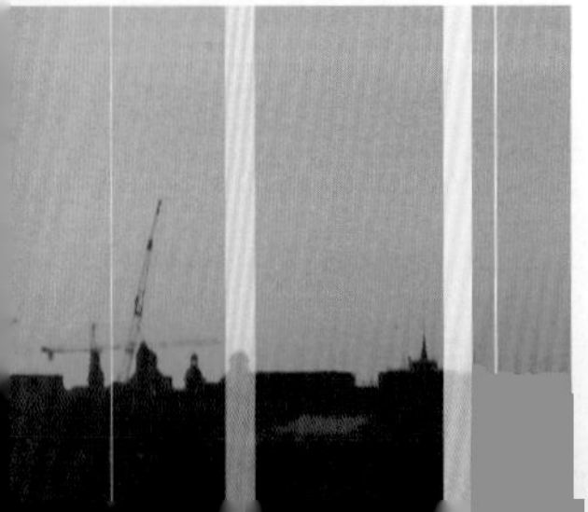

隨著「來來來，來台大；去去去，去美國。」的時代潮流，趕上從台北松山機場飛往美國的航班。隔一年回台探親卻從嶄新的桃園機場下機。機場的變遷正是台灣經濟起飛的開始，高科技在美國萌芽的時候，也是我來美國的頭十年，讓我修得[1]五子登科的正果，在貝爾實驗室和一羣文質彬彬的學者坐享清譽，也趕上母公司，美國電話電報公司，好景不在的太平盛世。四十歲不到，辭職隱退，進入證卷市場，搭上股市狂飆十年的順風車，最後也不可避免地摔得鼻青臉腫。在這漫長二十年的歲月裡，除努力精研股市之外，上歌劇院，瞎拼收藏，唱義大利歌謠，周遊列國，尋幽訪勝等等，是努力花錢的另一面美好時光，都被我自己用文字或相片記錄下來。兩年前一場家庭紛爭，讓我回歸江湖執壺賣茶。這個捍衛祖業的決心，已開始寫入我人生另一段截然不同的章節。

至於〈薪火〉這篇唯一讓我越寫越沉重的文章，它是最近非常不得已寫的，迥異於以往的文章風格。在此之前從來沒想到過，會把家世寫出來。但是兩年前的兄弟決裂，是我人生的一個大變化，自然會有很大的感慨，就把自己的感觸，很坦誠地寫下來，[2]陳述林華泰茶行這個百年老店一脈相傳茶香世家

的歷史和願景。站在茶行命運的轉捩點上，我和弟弟本能地挺身而出，維護茶行，回歸正途，不讓任何個人私心傷害了林華泰的口碑。

幾乎每一個人的心中都有他自己的薪火，有形的，無形的都是。得自父母的庭訓是你的薪火，想跟孩子講的悄悄話也是你想傳下去的薪火。秘方調配的牛肉麵，芒果冰裡的特殊美味是小吃店的薪火。甚至父母留給你的房子鈔票都是可以代代相傳的薪火。這本書取名《薪火——林華泰茶行老三的故事》，讓我自己和父親以下所有的林家子弟不忘祖先，以至伯叔先父篳路藍縷經營林華泰茶行的苦心和精神。一個賣茶人家的子弟離開茶行遠走他鄉數十載，就在寫下自己的一些故事，準備熄燈稍息的時候，冥冥之中像是父親的安排，很快地讓老二離開林華泰茶行，好把它交到老三老四的手中。接手後，看著倉庫裡不多的存貨，像乾旱已久的水庫，空得見底，只剩下這裡一灘那裡一灘的小水潭。沒有氣餒，更不必氣餒，我清楚地知道，自己的手中有什麼沒有什麼，胸中有什麼沒有什麼。茶庫的空虛是一時的，我一點也不擔心。遙想當年晚餐後習慣性的父子對話，

深刻體會老人的精神，這是我得自父親的無形遺產。融會貫通之後，經營一家名聞遐邇的茶行也就不是太困難的事。終於，擔起茶行子弟的一份心力。責無旁貸地舉起薪火，毫不猶豫地投入命中早早注定，一條茶香飄逸，[3]詩書問禮的路途上。

謝謝您花時間閱讀這本書。

林秀全

林華泰茶行僅此一家，別無分店。位於台北市重慶北路2段193號。電話 (02) 2557-3506。

1. 指金子，房子，車子，孩子和妻子或丈夫。
2. 林華泰是店名，不曾是人名。
3. 孔子的弟子林放問禮。後代林家子孫以問禮世家為榮。

目錄

或許，

憾事只是一個不當的慾望所生的孽子，

沒有慾望自然就不會遺憾。

1 狗氈行

小時候台北的冬天，每次寒流一來，大清早屋頂上的鐵皮和瓦片就會被一層晶白的薄霜所覆蓋。當人們抖著身子喊冷的時侯，我卻覺得舒適涼快。到現在還是沒弄清楚，自己的童年到底真是如俗諺所說的：「小孩屁股三斗火」不怕冷，還是天生體內有所謂的逆骨，專跟大家唱反調，不喜歡人云亦云地湊熱鬧。你說寒風刺骨，我偏說是涼快清爽。

長大後不再是個孩子，三斗火自然就不見了。可是身處北美洲冰雪風寒的冬日，大家安份地在屋內取暖避寒，我卻喜好緩步深息於凜冽冰涼的空氣中，讓被暖氣悶壞的腦袋清醒些。當多數人趨之若鶩地到加勒比海去避寒，我卻喜歡往被冰雪覆蓋的[1]黃石公園跑，不畏酷寒地去尋找大自然的安詳寧靜之美，或許真的是一個天生叛逆的獨行俠。一九九五年的二月，正是風雪襲捲整個北美大陸的時候，我明知山有虎，偏向虎山行，刻意到冷竣的北地去經歷一下人類能接受大自然的極限。由主辦的養狗場提供狗隻和狗橇，請嚮導帶領，在阿拉斯加偏遠的內陸做五天的狗橇之旅。

從養狗場接到行前準備的清單，開始購置臉罩、脖罩、棉襪衣褲等等，把自己包紮得像是準備搶銀行的蒙面大盜。在有暖氣的家裡試戴這些裝備，一下子就熱得臉紅脖子粗，血壓上升，呼吸困難。說是要應付零下三十度的氣候，誰知道零下三十度是個什麼樣子，對於生長在亞熱帶台灣的我來說，正如同夏蟲語冰，無從說起。但是只要相信狗場的主辦人會盡其所能地讓我全身而退，零下幾度又何須掛懷呢？就這樣吟著「風瀟瀟兮，易水寒」，帶著幾絲悲壯的心情，壯士去兮不復返離開家門，奔向阿拉斯加人煙罕至的冰山雪地之中。

從飛往安克拉治，再到費爾班克斯（Fairbanks）機上的旅客就嗅出阿州人的味道。散髮、蓄鬍、穿有頭罩的厚夾克，再帶點粗獷的舉止，和夏季裡神采奕奕，有說有笑的觀光客大不相同。翌晨再從費爾班克斯轉搭小飛機到貝托斯（Bettles），是一個人口接近三十的小村落。村裡十個學童湊成一家小學，酒鬼校長就是老師兼撞鐘。卻有人口五倍之多的狗隻。天氣是陰霾霾的北國嚴冬。三月初的太陽愛睡懶覺，天天晚起早睡，上班遲到早退，來了又畏畏縮縮，老躲在雲霧裡。氣溫在華氏零下十五度左右。從家裡穿來的最厚夾克竟然不堪一擊，讓冷風長驅直入，顯然不足以應付這種天候。需要再加上一件附有頭罩長皮膝蓋的厚長袍，無指厚大的手套和換上大靴子。這些重量級的裝備是由養狗場提供的。

養狗場裡的上百隻狗大半有獨居的小木屋避寒，縮著身子蜷臥在總是溶不了的雪地上。奢華一點的鋪有乾草。看到我們四個新鮮面孔，一致起立狂吠。上百隻混種的愛斯基摩犬（husky）同時吠叫該是一個多麼壯觀盛大的歡迎啊！聽得出狗語是「挑我吧！讓我上場跑，拜託！我一定聽話，任你使喚。」多麼熱切的嘶喊啊！這些狗兒整天被拴在狗屋動彈不得，難得有機會舒展一下筋骨。酷寒的嚴冬裡，只有陌生人會帶來這個機會。但是，牠們的狗話只能聽一半，真的會那麼地乖乖聽話嗎？

先學會將狗兒們套上和卸下身上的背帶，和幾句通用的狗語，我們就空著雪橇不載重，一個人操縱一支狗隊和雪橇，到野外試車。還不錯，剛上路時狗狗們異常興奮速度飛快。零下十來度正是牠們的最愛。以我的體重，四隻狗兒足矣。五隻如何？不得了。如同汽車一樣，多了一個汽缸，馬力加大，跑起來風馳電掣，超爽的。轉彎時一個不小心就會飛出雪橇。一年一度的千里狗橇大賽「愛的牠拉」（Iditarod）可以用到十六隻狗是多麼地神氣和過癮。可是你得付出照顧這麼多隻狗的代價，還有類似開加長

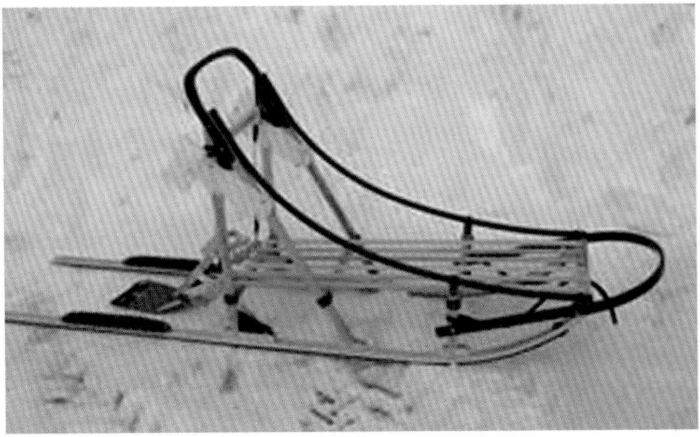

型大轎車轉彎時的不便。

翌晨雪橇裡裝上隨身行李和狗食物，並將嚮導挑出來的狗兒套上。因為載重，多給一隻狗。我的狗隊是由圖麗可（Toolik）領軍帶頭。牠是個短小精悍的小姐，出身不錯，媽媽曾任「愛的牠拉」的導路犬（lead dog）。導路犬要會識路又聽話，倒不必出蠻力。狗隊是沿著中央的主纜向後每隔一段距離左右各掛一隻，後面的狗就得壯些，尤其是雪橇之前的那兩隻最辛苦。在阿拉斯加有句帶有哲學味道的俗話，「假如你不是導路犬，那你只

人踩在狗撬後端的左右木條上。木條上釘有橡膠片防滑。木條之間的地面拖著一小片地毯或橡皮片。一旦一隻腳踩上它，壓上體重，就是煞車或減速。

能看到前面狗兒的屁股，從頭到尾一成不變。」(If you ain't the lead dog, the scenery never changes.) 就是牠們未來四天的視野。當這群狗兄狗弟各就各位，蓄勢待發時，情緒高漲，狂吠不已，更迫不及待地猛拉雪橇。多數沒被選上留守在家的狗兒也焦慮地，憤怒地和絕望地猛吠。一向安靜的凍原充滿狗吠聲，沸騰到了極點。這時收起鉤在雪地上的大鐵鉤，只剩一條細繩緊緊地拉住振振欲飛的雪橇。一切就序，我踏上雪橇，站穩抓緊。輕輕地拉開綁在樹幹上綳緊的活結，雪橇便轆轆地飛奔出去，展開百多里路的冰雪之旅。

由一位嚮導領頭，加上我們兩男兩女四位顧客，一共有五支拖著雪橇的狗隊，另一位嚮導則開著雪地摩托車，拖著所有補給品墊後。一行人狗渺無聲息地向北極門國家公園挺進，沿途不但鳥飛絕人蹤滅，連熊狼之輩也聲消跡匿。狗隊穿梭在針葉林或溪谷之間，小徑忽上忽下，人就站在雪橇後左右兩邊的木條上，身體左右移動，保持雪橇的平衡。偶爾小徑上方有樹枝，要及時低頭躲避，否則後果嚴重。還能偷偷地閉目養神嗎？有時得靠著體重踩下拖在地上的橡膠片，與雪地磨擦減速或煞車。相反地，遇到小徑上坡時，就得跳下雪橇，推著雪橇跑，直到速度跟上，再跳上車，享受速度的快感。

至於要狗隊加速減速左右轉則各有口令與之溝通，這時就要考驗導路犬是不是聽話了。來，試試看。當狗隊步調緩慢下來時，急促地幾聲「嗨克！嗨克！」速度果然快了起來，可是不久後又師老兵疲下來。情急忍不住，我的母語瞬間脫口而出：「卡緊咧啦！」幾隻狗兒迅速地回過頭來，露出狐疑的眼神望我一眼，似乎在抱怨著：「說啥火星話？聽嘸啦！」除了雪橇磨著冰雪轆轆作響，四周一片寂靜，狗兒沒趣地跑著。我想，不說狗語就少開口，不要煩牠們。

有一回遇上一個八九尺深的山澗，人狗帶著雪橇一起衝向溝底。上來時，狗兒辛苦地往上爬，我也奮力幫忙將雪橇往上推。狗兒們一旦上了岸，在我還沒來得及上岸之前便齊力向前衝。哇！我被放鴿子啦。什麼美式的狗語口令都失效了。我的天啊！到底是牠們在整我這個不養狗的城市佬呢？還是我的美式狗語不標準，牠們聽不懂呢？穿厚戴重，我本能地追了幾公尺，眼睜睜地看著一個無主雪橇往前消失無蹤。喘著氣、淌著汗，四

在懷俄明州的狗撬。

野無人，我仰望著蒼天苦笑自語：「你這個傻瓜蛋，這個時候為什麼不在家裡喝熱茶看電視，到這天寒地凍的極地來自討苦吃？真是頭殼壞去！」

可我早就知道這一路來的風寒苦楚，遲早會被時間發酵成甜美的回憶。有這個認知自然就苦笑得出來，何況我相信嚮導很快就會來救我。至於那個無主雪橇會到那裡去？最可能的是這一群狗兒循著小徑，少載一個人讓牠們跑得更輕快，到達前面那隊雪橇的後面，沒保持該有的距離，被人發現是一群無人操控的狗隊，一個順手便控制住領頭的導路犬。又或者狗兒誤入歧途另闢蹊徑，那也不是問題，因為凡是走過的路必留下痕跡，雪地摩托很快就能追將回來。另一個可能是無人壓陣的雪橇翻了，勾在路旁樹幹上或樹叢中，一群狗兒走不了，只好無所事事地站著發呆，裝出無辜的可憐相，說明是別人遺棄主人，不是我。或者像我一樣仰天苦笑，笑那個菜鳥主人好苦啊，不知掉到那兒去了。

到達過夜的營地後，兩位嚮導迅速地去砍柴燒水，準備人犬的晚餐。我們將狗隻一一解套，依序將狗鍊綁在兩棵樹之間的繩索上。當然，圖麗可總是有，也應該有，第一位上下車的禮遇。這個禮遇可要侍候好，讓眾狗兒兄弟們知道誰是這裡的老大。狗兒得到自己過夜的小空間之後，先就地撒泡尿以宣示主權。牠們的食物熱量特高，驕滴滴的家犬是吃不得的。至於我們的速食冷凍餐包，只要有熱水就好解決。但是鏟來的一大袋子的白雪只能煮出一小鍋的熱水，還得小心不要拿到被人類污染過的黃雪。煮飯之前，嚮導用熱水泡巧克力粉後，放置在帳篷外，一下子便凍結成冰，餐後便有冰製巧克力甜點（Mousse）可吃。帳篷內溫度在華氏零下，遠在冰點之下，只是擋住不少冷颼颼的寒風。由於午餐從簡，一整天都在比冰箱冷凍庫還冷的世界，晚餐在帳篷裡的煤油燈下，開胃菜、主餐和甜點樣樣具備，就顯得特別溫飽可口。

很幸運的是我們幾乎每晚都看到極光。入夜之後，先看到遠方地平線上有微光，彷彿在很遠的地方有一個燈火通明的大型停車場。慢慢地微光呈紅綠紫等色彩漸亮，在高空以東西走向呈不規則帶狀。感覺上有如夜空裡顏色暗淡的雲彩，似不動卻會動。就像看鐘面上的分針一般，看起來不會動，五分鐘後明顯地不一樣。顏色變了，帶狀也變了，像是給風吹過的。日人韓人認為看極光會帶來好運，因此在阿拉斯加的冬天看到的東方觀光客就是他們。然而極光不是天天可見，處處都有，至少先要有好運氣才看得到。看到了就說會有好運氣。人類閒著沒事，製造這個雞和蛋誰先生的老問題來消遣自己。

夜深了，睡覺在低溫的極地裡一點也不是享受的事。帳篷內雖說有個燒柴的火爐，卻得貼著爐子才能得到一絲的溫暖，我和兩位嚮導圍著長方形爐子的三個面，睡在帆布床上，將所有可穿可蓋的衣物往身上加。睡前一位嚮導對我說，當白天我掉了狗隊的時候，有一隻大角的麋鹿就在我的附近遊蕩。為了我的安全，他取出來輻槍，子彈上膛，在旁戒備，後來是麋鹿自己走遠了。問我是否看到麋鹿？我掉了狗隊，已失了魂、落了魄，只看到天上的白雲蒼狗。

嚮導本來不想對我說，是不想讓人知道他攜有槍械。其實搭小飛機來時，在空中鳥瞰大地，除森林之外盡是雪白大地。乘客可以用肉眼很清楚地看到零星少數在遊蕩的麋鹿。阿拉斯加居民花幾十塊錢可獵殺一頭麋鹿，外州人要數千塊錢買許可證，加上旅費，嚮導錢，非上萬塊錢莫辦。這位年輕的嚮導約翰給我看一張照片，是他和十隻掛在樹枝上麋鹿殘骸的合照。這是阿拉斯加原味的一面。多年前的一次「愛的牠拉」大賽，被看好得冠軍的蘇珊巴雀兒（Susan Butcher）因一條狗被麋鹿攻擊致死，被迫退出比賽。

他又對我說，跟著嚮導睡同一個帳篷是聰明的抉擇，因為嚮導會起來為爐子添火，他是睡在爐口上，伸手便可添柴火。可是當我半夜被凍醒時，兩位大鬍子嚮導的鼾聲是此上彼下，相互答應著。望著漸漸微弱的火光，我不得不抽身下床添火。轉身上床時，一個不慎踩在冰冷的地上，突然腳底抽筋，摔回床上。轟然一聲，仍打不斷鼾聲。其他三位來自不同地方，互不認識的兩女一男同行賓客，睡在另一個帳篷。隔天抱怨太冷沒睡好，原因正是三個和尚沒水喝，讓爐火熄了。

翌日我們要在北極門國家公園外面的一間小木屋過夜。在公園外住宿的好處是可以就地砍樹燒火取暖或煮飯。公園內是不準砍樹的。到達之後我不脫叛逆的本性，遠離溫暖舒適的爐邊，自告奮勇地陪嚮導去取水。在華氏零下二三十度的地方取水？我當然好奇了。嚮導開著雪地摩托，拖著一大片硬塑膠板，上面綁著兩個一般家用大的方型塑料冰櫃。我坐在塑膠板上，抓著冰櫃上的繩索。當雪地摩托在不甚平坦的冰上飛馳，我是頂著逆來的寒風，身體隨著板子上下蹦跳著。那副狼狽的樣子就像在〇〇七電影裡，倒楣時的詹姆斯龐德被壞人折磨的驚險場面。

到了一個小溪的源頭，果然是一池清澈見底的泉源。多種顏色的鵝卵石遍布在兩三尺深的水底，清楚地呈現在毫無波紋的水面下。我從來沒見過如此潔淨的天然泉水。兩個莽夫打破了周遭的寧靜，激起一陣陣的漣漪，水波卻只能傳送十來公尺就遇上薄冰。取了滿滿的兩箱水，打道回府。這回詹姆斯龐德更倒楣了，冰水從蓋子下溢出，濕了衣服濕了臉罩。還好不要多久，蓋子四周結了冰，密封了水箱，也就涓滴不漏了。

接著三天氣溫驟降到零下三四十度，有時加上風寒指數，溫度相當於零下六十來度。這時頭部顏面一定要包得很好，暴露出來的部位很容易凍傷。連從臉罩露出來的雙眼都有護目鏡罩著，但仍然讓我的雙眼有過一次結層薄冰的經驗。記得有一天想吃片餅乾當午餐充飢，竟然因為太冷而功敗垂成，餓了一頓。從雙手脫掉羊毛無指大手套和裡面的五指手套開始，你只有二十秒鐘將手暴露在空氣中。這段時間內你要抓到口袋內的餅乾，再去撕開天下第一強的塑膠袋。我試了兩次沒成功，午餐，算了吧！手露在外面，二十秒後開始巨痛，三十秒便失去知覺。口手之間硬是咫尺天涯。下次再來，你將會看到燒烤串是我的項鍊，甜甜圈是我的耳環，這樣子才不會被餓死。

至於腳部卻只要有一雙像高筒雨鞋的橡膠靴子（bunny boots）便綽綽有餘。這種軍用高筒的大雪靴是在雙層橡膠之間，灌氣絕緣保溫的。可是早上起床將一雙腳插入冰凍的鞋內，即使有雙層的厚襪禦寒也不是一件愉快的事。鞋內是一個不易升溫的冰庫，很容易讓腿部腳部抽筋。我們的狗狗也穿紅色的小布鞋，防止凍傷。可是當狗隊在結冰的河面上渡河時，穿鞋子也不管用。隻隻站不穩，東倒西歪，亂成一團。人也怕滑，只能站在雪撬上，下口令，遙控導路犬，讓牠領導走出冰域。

經過五天置身在冷凍庫的日子，帶著已經五天沒洗澡的身子，回到小村落，進入有暖爐的屋子，恍如隔世。同時另一批遠征國家公園的大隊人馬也在暮色蒼茫中回來了。十多人累了幾天，稍得片刻的休息。離晚餐還有一點時間，嚮導要我把錄影機拍到的影片，在電視上放映和大家分享，我自知雪橇顛簸又手套穿脫麻煩，一定拍得斷斷續續，七零八落。那是在沒有數位相機的年代，無法及時看得到相機拍出的照片。品質不佳的影片聊勝於無，讓大家看看也無妨。我手上的錄影機笨重得像一顆大木瓜，拍攝時只能單眼貼著小視窗看，乾脆不看，亂槍掃射。雪橇快跑，鏡頭搖晃自是難免。忽然，電視螢幕放映的是我個人頭部的特寫鏡頭，接著左手對著鏡頭揮揮手，向大家打招呼。大夥楞了一下，是誰拍的鏡頭？當然是我自己拍的，難道是狗狗幫我拍的？一屋子的人爆笑如雷，笑得人仰馬翻。

畫家沒料到，頭罩鬆弛，露出脖子，冷死我也。加一條圍巾或脖套會好很多。

這傢伙很酷，為自已照相。但一下子就不笑了。這是哪門子的特技？兩腳管平衡，左手抓住雪橇，右手向前遠伸，握顆大木瓜似的手掌反轉自拍，還乘隙讓左手揮揮手呢。嚮導跳出來，馬上倒帶，慢動作重放。沒錯，當眾宣稱：「這傢伙可以參加『愛的牠拉』大賽了。」同時，徵得我的同意，把整卷錄影帶拷貝下來，做為活廣告。狗撬易學如一二三，第一次參加狗撬活動就能在行進中的狗撬上放開雙手，由他本人拍攝自己，還向你揮手問好！駕馭狗撬真簡單，不是嗎？

遺憾的是晚餐的時候發生女團員安妮和年輕的嚮導約翰爆發口角之爭，波及另一位女團員南茜。另一位男團員選邊站。只剩老嚮導鮑勃和我沉默旁觀。其中涉入一個對待動物態度的嚴肅問題。約翰對不聽話的狗會拳打腳踢，安妮是在曼哈頓公寓裏的養狗人，早就氣味不投。那個晚上我和鮑勃聊天到深夜。

六個人之中只有我是已婚，只有約翰和南茜比我年輕。鮑勃談起他的故事，道出很多阿拉斯加男人的心聲，也是心酸，他們的太太跑掉了。鮑勃是戰後嬰兒潮的前鋒，上過越南戰場，有一點嬉皮，沒什麼一技之長。

在西雅圖遇到一位年紀稍大的失婚女士，兩個人帶著一點浪漫，也存著一些憧憬來到阿拉斯加。可憐的鮑勃，以打零工為生，貧賤夫妻百事哀。太太受不了生活環境的惡劣，離開他回到溫暖的本土去了。孤苦伶仃的鮑勃冬天還往北跑，只有帶團的日子才能賺取一天五十塊錢的工資，和免費的三餐。比起沒有抽水馬桶的家，這份包吃住的零工讓他露出滿足的微笑。何況還有一筆父親留給他的六萬塊錢，存在共同基金裡不敢動用，更讓他覺得自己不是那麼地窮。晚餐上的衝突，讓需要有人安慰的約翰和南茜躲在倉庫的另一個角落喝酒，相互安慰，直到天亮。美麗神秘的阿拉斯加給人憧憬，遷徙進來的人都有他們自己的一個故事。我大半輩子嚮往著阿拉斯加，卻沒想到會在天寒地凍的日子裡，首次闖入異域留下足跡。深深的鞋印總是和一群狗的腳印混在一塊。至於有人問我狗撬行進時，狗狗如何大小便？牠們都是好孩子，我才不跟你講呢。

隔天搭機離開之前，我刻意去看屋外的溫度計，零下四十六度。身上不再有厚長袍厚手套，穿戴的是能在紐約應付一般冬天的衣物，自然是冷得令人難以忍受，那種感覺至今仍記憶猶新。但是我卻意猶未盡，雄心不死，參加「愛的牠拉」大賽的願望開始在腦海中浮沈。遙想著一個長長的狗隊，悄悄地穿梭在河谷裡的針葉林中。一會兒吃力地翻山越嶺，一會兒陷入白茫茫的暴風雪中，緩慢地向前推進，最後在白令海峽旁跨過壯闊的冰凍海灣，奔向終點。得獎奪標是不必要的奢望，賽完全程才是僅有的自我要求。儘管肉體會極度的精疲力竭，千里的艱苦歷練終將為往後的人生，注入更多的勇氣和毅力。這才是我心底企望的收穫。

十八個年頭，十八次大賽過去了。當年的壯志已隨著體力漸漸地消沈，這未完成的心願將會是我人生的一大憾事。或許，憾事只是一個不當的慾望所生的孽子，沒有慾望自然就不會有所遺憾。所以，我不該貪心。能夠擁有一個有狗狗、雪橇和極光的冰雪之旅，加上一個伴我餘生的美麗回憶，我應該心滿意足了。

1. 和姊姊弟弟等三家人在黃石公園裡駕著雪地摩托車兩整天，冰封黃石的溫泉景色不輸夏天。

姐弟三家共十一人分乘六部雪地摩托車，暢遊冬天的黃石公園。

浩瀚的星海裏，
最燦爛耀眼的那顆星星已開始搖晃暗淡下來了。

2 永遠的帕叔

帕叔者，帕華洛帝（Luciano Pavarotti）是也。一個偉大的西洋歌劇男高音。說他偉大，純指他在歌劇歌唱上超人的造詣。

[1]很多人都知道上個世紀九〇年以後全球知名的三大男高音喜歡湊在一起開大型的演唱會。節目裏有獨唱到三部合唱，將觀眾的情緒帶到高潮。二〇〇〇年五月，紐約歌劇季的最後一場，我們一家人在大都會歌劇院（Metropolitan Opera, 簡稱MET）看了一場相當別緻的歌劇演唱。節目是從三個不同的歌劇各拿出一幕，湊出三幕。三大男高音各唱自己拿手的那一幕。帕叔唱第三幕，取自歌劇「杜蘭朵公主」（Turandot）的[2]第三幕，扮演的男主角是個埋名隱姓的韃靼王子。帕叔邊走邊唱，背後是高高在上的中國宮殿，順著斜坡向觀眾走來。或許斜坡不好走，一個不小心，帕叔跌倒了，坐到地上。他的腿骨不良於行是眾所周知的事，大家都擔心他摔壞腿骨。樂團指揮勒凡（James Levine）沒讓音樂停下，體型高大的公主毫不猶豫地伸出援手，用力一提，把身材旗鼓相當的王子拉了起來，還沒站穩的王子就接著唱下去，真是有驚無險。舞台佈景的設計也為他在城牆邊有個矮牆，讓他可以坐著休息。壓軸的名曲「今夜不眠」（Nessun dorma）

還是唱得轟轟烈烈，讓觀眾看得如醉如癡。這就是帕叔偉大之處。別人唱高音，唱得越高聲音越小，帕叔可不一樣。深深吸飽一口氣，拉開嗓門，霸氣十足地直沖雲霄。

那個晚上三大男高音王不見王，各人謝各人的幕，沒有同台出現過，真像是一伙鬧脾氣的拜把兄弟。也對，三個不同歌劇的戲服混著出現，有鴛鴦茶的味道—混喝紅茶咖啡，滿口啼笑皆非。歌劇描繪人生，三幕歌劇悲喜互見。第二幕是卡門（Carmen）的最後一幕，由小弟卡雷拉斯(Carreras)主唱，以悲劇收場。最後一幕的結局卻是王子贏得了公主的歡心，像是讓觀眾吃完甜點再離開歌劇院。回家的路上我跟十二歲的兒子說，「記住你今天晚上看到的。他是有史以來最偉大的男高音，說不定你再也看不到比他更好的聲樂家了。等你老的時候，當人們談起他來，你將會是極少數親眼看過他唱歌的人。」

1. 帕華洛帝，多明哥（Placido Domingo）和卡雷拉斯（Jose Carreras）三人。
2. 歌劇「杜蘭朵公主」是普契尼未完成之作，以中國樂曲茉莉花為主題旋律。

二〇〇二年五月，同樣是歌劇季最後的一夜，禮拜六的晚上。既是壓軸大戲，非有帕叔在，不足以展現大都會歌劇院呼風喚雨的實力。這天也真難忘，我和內人要看兩場不同的歌劇。下午場是原本就包含在那一年的季票裡，而晚上這一場是我自己加買的。我自忖六十六歲的帕叔在舞台上的日子不多了，想看帕叔唱歌非海派一下不可。午場五點結束，晚場八點開始，夠我們飽食一頓，以應付晚上分分秒秒都要聚精會神的抑揚頓挫。約好大學同窗羅教授帶路，到五糧液中餐館大肆吃喝一頓，最後還是由教授大把地付錢埋單。說什麼盡地主之誼啦，接風洗塵啦，全是設計好叫主人破財的鬼話。古來做東皆辛苦，唯以紐約地主最難當。幾年前兒子唸哥大，每次到哥大探子，就想到大學時患難與共的羅兄。他住家工作都在哥大校園裡，卻找他也不是，不找他也不是。這回要不是有教授指點，恐怕就吃不到五糧液的蒜泥白肉了。

飯後信步當車，回到林肯中心（Lincoln Center）。劇院前廣場上已架起大銀幕，座椅也排好了。準備讓三千位向隅的愛樂者免費看現場轉播。這是一場備受矚目的大戲，一八七五這個數字是這場歌劇一張門票最高的票價，將近兩千美元。三天前禮拜三也是上演普契尼所作的歌劇「托斯卡」(Tosca)，帕叔因感冒沒上場，觀眾大失所望。翌日紐約時報的大標題是「肥哥沒秀」(Fat Guy No Show)四個大字。大都會歌劇院就是有這份能耐，麾下戰將如雲，演員因故不能上台，隨時有人替補。可是這是季尾特有的慈善之夜，豈能沒有帕叔？在場的觀眾早已付了高價，套上燕尾服晚禮服，帕叔說不來就不來，如何給現場的眾人一個交代呢？

進了劇院，如往常一樣領到包含節目單，介紹演員劇情的小冊子。沒夾帶有「某甲不能來，

我的季票是一年七至八場，十多年來看過百多場。背後掛的是莫札特所寫《魔笛》的布幕，近年來常在聖誕新年期間演出，鼓勵小朋友接觸歌劇。

由某乙取代。」之類的小紙條，觀眾稍微鬆了一口氣。當劇院特有的招牌吊燈緩緩升高而暗下之際，進場的人不是樂團指揮，而是在舞台上的劇院經理，觀眾嘩然，心裡有數了。經理不悅地說：「帕華洛帝在下午五點還答應要來，七點又來電說不能唱了。大都會歌劇院和帕華洛帝的約期到此結束，以後沒有任何的契約。」語畢，眾人默默地接受這個事實。當時的大都會歌劇院的確認為大鬍子男高音永遠不會再出現在這個舞台了，沒想到兩年後他又回來，這是後話。此時約有七八位坐在我們前方的觀眾，在眾目睽睽之下安靜地離席，票價一〇〇〇到一八七五的席位，走出劇院。至於後面或樓上有多少人出走，我就看不到了。這些非帕叔不聽的死忠粉絲，讓人想起「莊子」裏描述的鳳凰，非梧桐不棲，非竹實不食，還有非醴泉不飲。他們像是一小羣曲高和寡的鳳凰。反而在傳說有鳳凰的古老國度裏，沒有鳳凰了，只有要求退票而聒噪不已的公雞。

歌劇「托斯卡」的劇情大致是熱情女子托斯卡愛上畫家。他卻因為窩藏政治犯被捕下獄，並將被槍決處死。警長逼迫托斯卡用身體來換取畫家的生命，在黎明槍決時會放空包彈，畫家裝死即可。憤恨的托斯卡佯裝合作，半夜當警長靠近時，托斯卡把他刺死了。天快亮時她趕到城牆上的刑場告訴畫家合作。槍決後她靠近找畫家，發現情人已死，警長生前就騙了她。同時警長手下的人趕到要圍捕她，傷心的托斯卡從城樓上往下跳，自殺殉情，劇終。飾演畫家的帕叔晚年只演這齣歌劇。

沒有序曲，直接啟幕，佈景是大教堂的內部。由美國首席女高音弗萊明女士（Renée Fleming）擔綱飾演熱情的托斯卡，是多數觀眾熟悉的本土一姊。男主角畫家先上場，走進來的是個人人陌生的高壯年輕人，在這個時候能被臨危受命取代帕叔，必定不俗。先給掌聲再說。陌生人，走上場，未開口，得掌聲，真是一個很大的殊榮，很大的禮遇。年輕人謹慎地，中規中矩地完成使命，把「托斯卡」演完了。謝幕時全場觀眾很快地起立鼓掌，十七分鐘嘢！拍手鼓掌一兩分鐘看看，就知道十七分鐘是多麼地偉大。同時打開大燈，讓年輕人也能看到觀眾的熱情，這是少有的榮耀。帕叔本人恐怕未必享受過這項禮遇。同時很多觀眾也可以看到包廂裏眾多的達官顯要。年輕人感動得哭了。我們座位附近的觀眾沒人見過這個年輕人，只知道他叫李契特拉（Salvatore Licitra）。我想翌日報紙一定會有介紹他的資料。

隔日清晨迫不及待地找到紐約時報。一夕成名的李契特拉，三十三歲，也是義大利人。在歐洲也唱「托斯卡」，昨夜是他在紐約的首演。禮拜三帕叔沒上台，大都會歌劇院急了，禮拜四很晚才找到他，禮拜五一大早搭協和號飛機趕來紐約，下午和弗萊明排練對唱，禮拜六是他一生命運的轉捩點。要是帕叔能夠上台，觀眾席的位子也為他準備好了。那我們兩年後才會見到他，當時他已和大都會簽好二〇〇四年加入。帕叔決定不來的電話有如命運來扣門。瞬息間通往男高音王位寶座的紅毯大道就鋪在眼前。他能得到這個機會是因為他在歐洲唱「托斯卡」，唱得不錯。體型頓位又和帕叔旗鼓相當，看架勢就是男高音的上駟之材。「誰是下一個帕華洛帝？」這個人人好奇的問題一下子變成「李契特拉是下一個帕華洛帝嗎？」樂評家只出一道考題給他，「我們要聽聽你唱董尼采第（Gaetano Donizetti）的歌劇「部隊的女兒」(La fille du régiment) 裏有九個高音 high C 那一段。」這是一道極為嚴峻的考驗，像是要一個登山家去爬喜瑪拉雅山的聖母峰一樣。當年年輕的帕叔是輕易地過關，並且因此一炮而紅。[3]近年來只有少數年輕的男高音能唱這齣歌劇，一部非常好聽的喜劇。十年了，考題沒變，我們卻永遠也等不到李契特拉開口高歌。他已在二〇一一年十月初因騎摩托意外撞牆去世。

扭轉命運的良機可遇不可求，它找上門來時，沒事先準備好的話，對不起不能等，走了。作為一個頂尖的聲樂家，天賦是不可缺的，勤也就不一定能補拙。作為一個歌劇迷，當你把「誰是下一個帕華洛帝？」這問題置諸腦後，那還需要為它煩心找答案嗎？讓我們繼續好好地去欣賞歌劇吧，這是一個不需要英雄的時代。日子要過得像鳳凰一樣，那就太辛苦了。

話說三十多年前帕叔發表了一本自傳「我自己的故事」(My Own Story)，到費城來為歌迷簽名推銷新書。住在郊區的表姐輾轉搭車來到書店，大排長龍之後，買到書給帕叔簽名，還跟他握了手。可把這個粉絲樂昏了頭。幾天後碰巧到表姐家，一見面表姐就用力拍了我的肩膀一下，舉

3. 秘魯的 Juan Diego Flórez 和美國的 Lawrence Brownlee 是男高音後起之秀。

著右手說：「我這隻和帕華洛帝握過的手，好幾天來我都捨不得洗手。」說來神奇，自從被那一掌打過之後，我也成了帕迷。家裏帕叔的錄音帶漸漸地多起來，後來變成光碟一大堆。甚至男高音之中，我獨沽一味，只聽他一人。八〇年代他以自己的故事親自主演了一部電影（Yes, Giorgio），我像一般的粉絲一樣，收集了電影錄影帶和海報。這是他僅有的一部電影，樂迷會喜歡的，可惜不賣座。

粉絲會追著歌星跑，就自動升級為追星族。二〇〇四年年過半百的帕迷，歐吉桑在下，躲在亞歷桑那大峽谷的邊上，蟄居數日韜光養晦，黎明遠眺朝陽輝映的峽谷，傍晚遼望落日斜照的[4]藍湖。獨自一人。有時只想靜靜地傾聽無聲，完美的寂靜。有時就扭開音響，讓帕叔放縱地高歌，不論是歌劇或民謠，盈盈滿耳就好。偶爾興之所至，我也張口追上，和帕叔齊唱，痛快極了。除了窗外翱翔漫遊的烏鴉嫂和路過覓食的胡狼哥，沒有人會嫌我吵。一位朋友為此百思不解，無法將沙漠和歌劇聯想在一起。說著，「喜歡沙漠孤孤獨獨的人怎麼會去喜歡歌劇？喜歡歌劇吵吵鬧鬧的人又怎麼會去喜歡沙漠呢？」我想這不正是生命的多彩多姿嗎？既喜悅於日出的活力，也該欣然接受日落的沉寂。有如歌劇院的幕啟幕落，生命的生與滅更應如此等同對待。追星不能只讓青春男女專美於前，我歐吉桑也要追星去。

這回我要在周六從沙漠邊陲開車五個小時，到紙醉金迷的賭城。參加晚上在凱撒宮（Caesar Palace Casino）的一場帕叔個人演唱會。兩年不見帕叔，他腿部的行動每況愈下，進出場都需要搭著樂團指揮的肩膀。唱歌時身子也需要倚靠著鋼琴。歌聲比起以前也就略遜一籌了。隔一禮拜帕叔到紐約來唱整場的「托斯卡」，我也追到大都會歌劇院，太太緊追在後。這是帕叔在大都會的告別演唱。對劇裡的畫家有了一些特別的優待，譬如在畫架前多了一張椅子。畫家可以不必站著畫畫。畫家在遭刑求以後不再被丟到地上，而是被半推半就地坐到沙發椅上。最後被槍決的畫家不再應聲而倒，帕叔是慢慢地摸著堆高的沙包躺下。七十不到的他是真的老了。戲

4. 包偉湖是格蘭谷水壩建成之後，科羅拉多河水積出來的人工湖，湖水是迷人的藍色。

帕華洛帝唱完他在紐約的最後一場歌劇《托斯卡》，出來謝幕。

裏畫家在刑場上，仰望夜空，思念起托斯卡。帕叔柔情地唱了著名的詠嘆調「星光燦爛的天空」。我卻暗自感傷，浩瀚的星海裏，最燦爛耀眼的那顆星星已開始搖晃黯淡下來了。

謝幕時，我想帕叔結束了半輩子在紐約在美國漫長的演藝生涯，應該感到輕鬆，也會感到不捨。站在舞台中央，金色布幕之前，他微笑地展開高舉的雙手，挺起背，抬起頭，有著男高音中氣十足，蓄勢待發的雄姿，這是我最後一次看到的帕叔。也將他向觀眾告別的這一

幕請我的繪畫老師完成了一幅油畫，掛在家裡入門的大廳。

幾年前的一個秋夜，半夜兩點忽然醒來，有著睡飽的那股奕奕神采，像是戲裡「今夜不眠」的韃靼王子。心裡惦記著那一陣子想買的一張帕叔的歌唱專輯。帕叔晚年沒什麼新的專輯，我也就好幾年不曾買過他的光碟了。這次是因為自己練唱的需要，就在半夜心血來潮，上網買了那張專輯，了結一個心願。到了清晨四點，突然看到網上的一則新聞。帕叔走了，在他自己義大利的老家。真巧，心有靈犀。我想我一定是他最好的歌迷之一，早就在他「走的時候會先打個招呼」的名單上。在死生交關的別離時刻，沒忘了我這個異國粉絲，輕輕地喚醒我。回想起舞台上的帕叔，我落寞地離開電腦桌來到大廳，凝視著畫中的帕叔，看他在微笑中帶著義大利人的熱情，展開雙臂，跟我告別……別矣，帕叔。

運作半個世紀的乾燥機依然老驥伏櫪，
傳承薪火，焙出一屋子的茶香。

3 薪火

五十年或一百年前的台北，家裡有一間大暖房是很享受的事。姓林的人家這麼一說，好奇過頭的人就會問我，是板橋林家，還是霧峰的林家？不敢當，我們是台北大稻埕賣茶的林家，一個姓林的普通人家。賣茶人家的暖房是製茶過程中烘焙茶葉用的，不是供人取暖避寒。房內樑柱挑高，內有兩條平行的走道，兩頭相連，圍成狹長的長方形。三十幾個直徑約兩尺的圓火坑散布在走道兩旁，形成四長排的坑洞，每個坑有兩尺半深。火坑裡堆起兩尺高的微微文火，由厚厚的薰黑稻糠覆蓋著，悶燒著底下的相思木炭。在師傅的照顧下炭火馴服地不露火焰，更不爆火花，也就沒有一點薰煙。從小每次讀到薪火這兩個字，這些坑坑洞洞裡嬌軟溫柔的炭火就浮現在我的腦海裡。別無他火，這就是我們製茶人家代代相傳的薪火。

細長的竹片編織的焙籠是個高約兩尺的圓筒，口徑略大於火坑口，圓筒內有一片也是竹編的圓盤，擋在圓筒內的中央，將圓筒隔成上下兩半。先將焙籠置於走道上，茶葉鋪陳在焙籠內圓竹盤的上面，才將整個焙籠安置在火坑上面。茶葉漸漸地受熱，炭焙的茶香漸漸地散開，充滿了整個暖房，甚至溜了出去，香飄處處。守夜的師傅半夜要起來，整理炭火和翻動茶葉。

1 寒夜隆冬偶有親友來訪，女士會待在暖房裡和媽媽聊天，男士通常有件大衣裹身就留在事務所和爸爸圍爐而談。在茶香氤氳籠罩下，我最愛靠在媽媽身邊，聽大人聊著大家族裡的八卦故事，陳年的，新鮮的都有。雖說當時民風保守，台北的大戶人家裡的男人有妻有妾，已是司空見慣的不醜之聞。擁有大某細姨反而是權力和財富的象徵。這些男女情事倒是大家愛談的花邊消息。小孩子有耳無嘴，閉嘴聽聽就是。現在想起來，這些活生生的八卦或許是我一生人情世故的啟蒙。當時真喜歡的是家人聚在一起的氛圍和眾多火坑烘出來的溫暖。無聊時讓赤裸的雙腳偷偷地溜出木屐，棲息在火坑邊溫熱的水泥地上，讓全身加速暖和。夜漸深，間歇單調的笛聲，淒涼地由遠而近，是盲人按摩師兜客的聲音，也告訴我們時候不早了。媽媽一聲睡覺令下，一家大小擠成一團，等著推開老舊的木門，大家各自拉緊衣服的領口衝出暖房，意料中的一陣寒風迎面灌入，倏然刷掉一整夜慢慢烘來的溫香。木屐咯咯，各自逃回自己的房間裡，帶著所剩不多的茶香餘溫，躲入被窩。

暖房畢竟是工廠的一部分，我們並不常進去。下雨潮濕的天氣，衣服洗了乾不了，媽媽才會去利用暖房的一個角落，烘乾衣服。厚厚的學校制服外套是最常在裡面過夜的，烘得香香酥酥，讓我在第二天早上穿著這麼一身溫熱的茶香擠公車上學去。還沒進校門，濃濃的茶香就被擠掉了一大半。

大稻埕是老台北的商業區。小時候在民生西路迪化街一帶還有好幾家茶行，佔地都特別大。林家的茶行坐落在大稻埕的邊緣，佔地就更大了。除了擁有一般住家空間之外，最大一部分的房舍是儲存各式各樣茶葉的倉庫，有一些暢銷貨，譬如五十年前二十塊錢一斤的香片，自己可以佔用一個房間。堆積一個房間的茶可讓多少人喝一輩子？這是從小看到大，也思考到大的謎題。另外有一部分是各種製茶機器的工廠和晾茶的空地，加上一大堆圓鐵桶裝著價格不同的散茶，批發商當然要用超大號的鐵桶。賣茶的農民和買茶的顧客是不會去這些地方的，卻都會到事務所來算錢，裡面是三張橫接的大辦公桌。上面擺的是四個不同大小式樣的算盤和兩份報紙。經常坐滿一屋子等著拿錢的茶農，夾雜著等著付款的顧客，一二十人裡也只有一兩個人會在桌上當眾玩玩算盤。大姊手下的算盤是眾人目光的焦點，珠子還在上下嘀嗒不停，就不會發錢。我沒事無聊時就在大姊身旁，以我的心算急著去追她的珠算。算的是一斤十八元，重量三十四斤六兩該給多少錢之類的算術，幾毛錢都要算給人的。心算沒有珠算快，但往往只慢一兩秒。卻也沒替她省下一回驗算，因為她對我憑空冒出來的數字不放心。等到我上初中以後，閒暇之餘也要上場為茶農秤茶重，為花農秤花重，按斤兩算帳的時候，算盤已被小計算機取代了。要是當

我們的工作伙伴。

時計算機晚幾年才發明，不會珠算的商人子弟就難過了。或許，形勢所逼，我心算的速度自然會超越姊姊的珠算。

再往外就是比較空曠的地區，露天的大院子和外界只靠兩扇八字開的大木門隔開，門高六尺，是半夜的樑上君子要來也不難的地方，但是每晚都有值夜的師傅在裡面過夜。他們都是能扛著百斤茶包跑步的壯漢，絕少有人敢來冒犯。大白天最熱絡的地方是爸爸向農民買茶葉看茶色聞茶香的院子，大約是可以停上一兩部大卡車的空地，白天進入大門的卡車是載來成交買入的粗茶。傍晚進來的是貨運公司的卡車，出貨到島內各地的茶莊。茶季旺盛的早上這個院子裡有幾十上百位茶農和背來的茶包，陸續地進出，把院子塞得水洩不通。

入夜以後又是另一個世界，來的是穿木屐騎腳踏車的茉莉花農，一部腳踏車的前後可以載上好幾袋滿滿的茉莉花。也是漪歟盛哉，好不熱鬧。數十輛腳踏車將大門內的院子塞得滿滿的。等到這伙人領完錢，散開回家已是九點多，也是我們的師傅開始將茶和花你儂我儂混在一塊，你中有我，我中不是只有你。在漫漫的長夜裡，茶和花悄悄地暗通款曲，茉莉花渾身數解，將香氣傳給茶葉。半夜還要麻煩工人起來，全部翻動一兩次，讓更多的茶葉能一親茉莉的芳澤。直到黎明茉莉面容枯黃，香消玉殞。

大門外的院子是私地公用，讓左鄰右舍的孩子玩耍的地方，周日下午會有多到上百個小孩子在這理玩玻璃珠，捉迷藏等等。這是半世紀以前大稻埕的一角。後來馬路擴大，以前的院子都被徵收。我是產婆在家裡接生的，也就是在現在的馬路上出生。現在的樓房有個天井中空就是那個時候蓋的。以前那個炭焙暖房也縮小了，剩八個坑。數年後更只留下兩個，讓人重溫炭焙飄茶香的歲月。隨著炭焙喜好者的凋零和新式烘焙機的進步，最後的兩個坑洞成了遺址，焙籠不染炭灰一身潔淨地被供奉在古董店裡，不必再承受火煉煎熬，也不會再孕育茶香了。茶行翻新，更顯雄風。

父親林大村是在台北石碇楓子林的茶山長大。以前的臺灣茶葉改良場場長吳振鐸教授跟我說過，那裡是北臺灣最早種茶的地方之一。這不表示我們家族種茶的歷史特別早，卻也追溯不到一個不事生產茶葉的一代，印象中鄉下長大的先人，注定一生與茶為伍的命運。父親從拿鋤頭開闢茶園

大型乾燥機，穩定地控制品質。烘乾後要晾開冷卻。

開始，到成功地經營茶行，這段辛苦的歷史是余生也晚，不及見也。我正是出生在父親否極泰來的時候，媽媽和大姊如此地說。很幸運，我一輩子也都活在他的榮耀裡，即使他已不在人間，我仍有形無形地受到他的庇廕。

一百多年前的林家，在中法戰爭期間做生意賺了錢。到了祖父的時候，大稻埕一帶茶行充斥，經營茶葉的生意並不順遂。父親就是成長在這個家道中落的時代。經過五個兄弟努力合作，奮力崛起。除了台灣，茶葉生意還擴大到天津大連青島等地。全泰，林華泰和全祥茶莊茶行成了台灣茶業界的金字招牌。父親在兄弟中排行老二，在他們兄弟分家時，接下以批發為主的林華泰茶行。此外，伯父掌全泰，三叔掌全祥。大哥和大姊繼續幫爸爸照顧蒸蒸日上的生意。父親在茶業界的聲譽崇高，得自對茶葉產製銷完整的資歷和胸襟寬大的為人。坊間同業流傳他的傳奇故事是在生意上和他接觸的一面。除了長期和他天天相處的大姊夫之外，我自詡是非常瞭解他成功祕訣的孩子，喜歡聽他講故事的孩子，也是他喜歡聊天溝通的孩子。晚餐後在客廳裡，右手輕輕向右一點，示意要我坐下。我跟著到客廳，就心裡有數地等他這一點入座。簡單的手勢露出想和我談話的熱切，一直都讓我有受寵若驚之感。或許，對父親的認識深淺每個孩子感受不同，但是父子情深的互動，在眼神裡，在手勢間，點滴在心頭，我也不足與外人道。

有這麼一個還不錯的家世，不尋常的父親和令人羨慕的祖傳產業，一向不是我愛談的話題，因為這都應該是爸爸的故事，不屬於我個人的。我和其他兄弟姊妹一樣只是幸運地生長在這個歷久不衰的茶香世家，只是爸爸故事裡的小配角。時光荏苒，我也到了可以講自己故事的時候了。講完就可以安心地闔上最後一頁。可是出身百年茶行的子弟，故事裡聞不到多少茶香，就準備結束，行嗎？想來想去，只有爸爸一個人會反對。

大哥早年離開林華泰，經營華泰茶莊。大姊一直留守在家，幫忙看店和照顧父母晚年的起居。年輕時嫁給我的小學老師，他們夫婦也就是我的啟蒙恩師。不久之後，爸爸請為人正直的大姊夫辭去教職，幫忙他的事業。當時林華泰的股份早在我們兄弟四人的名下。數年後大姊加入，現在的林華泰是五位股東的公司。二姊早年移居加拿大。二哥當完兵，不久也在二姊協助下移民加拿大，幾年後返台幫忙爸爸的事業。我就在那個時候到美國唸書，弟弟晚一點也在洛杉磯開茶莊。

二哥回來，爸爸仍然讓大姊夫管錢。大姊夫是支薪的女婿。至於二哥三十多年來薪水多少沒人知道，也沒人要去問一個沒有答案的問題。事實上，大姊夫為茶行跑銀行，卻也無法瞭解家裡的財務，因為二哥是收錢打烊的人，誰也管不了二哥一天要拿多少茶行的錢進入自己的口袋，一下

子帳就不清楚了，埋下家庭紛爭的遠因。大家各自發展自己的事業，日子都過得還不錯，八九十歲的老爸還在買茶，製茶，其他兄弟也就不過問茶行的事了。在我唸完書拿到學位後，爸爸幾次問我回來經營茶行，我沒答應，也不拒絕。理由多如牛毛，卻一個也沒說，怕說了更傷老爸的心。

父親生在宣統之前的光緒年間，也是遙遠的明治時代，身體一向硬朗，九十多歲時仍面對著茶農聞茶買茶。我愛聽他講古早的故事，涵蓋台北文山地區的人文地理。二哥說他是老古董跟不上時代，還公開羞辱他是眾所周知的事。我也在場親眼見過，父親氣得滿面愁容，也就不知道二哥有沒學到老人深藏的智慧。別人家留在老人家身邊的孩子通常比較孝順，媽媽早就點出，要不是老爸有錢，孩子會回到身邊？大姊一向孝順，長期照顧父母起居，有這個女兒的細心照料，爸爸活到九十八無疾而終。接著的十多年歲月也無怨無悔地照顧高齡的媽媽，直到最近以九十七歲仙逝為止。這些年來卻斷斷續續地受到二哥一家大小的難堪。

三年多前為了裝滿一罐茶葉，用來泡四五十年來全家人天天都喝的那壺茶，甥女遭到侄子的為難。又為我太太拿茶葉帶回美國喝，要按照侄子的新規定向他報告，才能請師傅拿茶葉。老爸的兒女要向他的孫子報告才有茶喝？真是情何以堪。我們這些股東近二十年來沒拿一毛錢，卻連要喝一口林華泰的茶都難，難道要我這個股東落難到跟別家茶行買茶葉喝？這是紛爭的近因。像很多歷史事件的發生一樣，遠因近因之間也有一些衝突。在這個人人都是喝茶長大的人家，喝茶是天賦的人權。這個權利不被尊重的話，是真的會鬧起革命。

我在地球的另一邊聽了都難過，想起不久前抑鬱而終的大姊夫和日漸老邁的大姊，當年是如何地教我執筆寫字，寫文章和作算術。他們奉獻一生給林華泰怎能有這樣的處境？他們才真是幫爸爸打天下的功臣，撐住林華泰半個天邊的人。這個事實不必我來說，老顧客老師傅都看在眼裡，我當然知道老爸在天之靈的感

受，那痛心疾首的愁容不時地浮現在我的眼前。我很快地買了生平第一張回程未訂的機票，歸期不定是耐性用盡的絕望，也是解決問題的決心。雖然侄子為自己的魯莽道歉，以前多次的魯莽又道歉。再加一次，只是顯得更無力。剛離世不久的大姊夫過去是怎麼被二哥羞辱的？還能讓大姊再被晚輩羞辱一次嗎？二哥不該忘記大姊幫過他大忙，恩將仇報的事需要我提醒嗎？咳。機票買定，我骰子已投出，林華泰茶行的營運將得到清楚地解決。

對於林華泰茶行的未來，爸爸過世後九年來，我們這些家人股東開了幾次會議都沒結果。這回由我這個溫和派的兄弟直接找二哥談，希望談個數字解決一切，他隨便說個數字敷衍我，傷透了我的心，更辜負了我的善意。用金錢來解決可以避開爭執，卻不一定是善待林華泰的辦法。近年來二哥把林華泰的茶葉寄存在外，外界早有傳聞，茶行內極少存貨都表明他早已放棄了五位股東的林華泰，只好請他不必再來當老闆了。我們這邊還有四個勝任的老闆，四票對一票，單靠我一個人是沒那個力量請人下台。非常詭譎反諷，當我這個最能容忍他的兄弟不再容忍了，就是壓垮駱駝的最後一根乾草，被視為大壞蛋，也被當成強硬的兄弟。我受到的教訓是親兄弟真要明算帳，兄弟之情才能建立在牢固的磐石上。這回侄子相煎太急，為難這些血脈裡血水茶水已分不清的林家子弟，也讓大家一起來整頓公司。

那是一個我們兄弟倆都會終身難忘的夜晚，是二哥在林華泰茶行的最後一夜，卻不出他的意料之外。我們後來才知道他早在七年前就在經濟部登記了一個店名酷似林華泰茶行的公司，再空下茶行的庫存，就是他心裡有數，等著這刻的來臨，再另起爐灶。背對著我，他突兀地問我：「你有沒有看不起我？」一時之間我很訝異怎會有這種問題，要看不起一個人哪有這麼容易，何況是同父母的親兄弟。「我沒有看不起你，但是吃兄弟我就會看不起。」我直話直說，一言以蔽之。沒料到的是他一不做二不休，開始一連串地做出讓人看不起的事。速度驚人，三個禮拜後，二哥就在林華泰的隔壁開了一家茶行，以自己姓名為名。至今兩年多以來二哥全家人和員工無時不刻在店門外輪流攔截進出林華泰茶行的顧客，轎車計程車摩托車都被揮手示意停車，接受對林華泰負面的宣傳。這種不合常理的行為到茶山拜訪茶農。不用我說也想得到，這會是多麼美好的郊遊。鮮綠的茶園，綿延的茶山，熱情的茶農，濃郁的茶香，多好。

要叫我怎麼看得起呢？要摧毀父親一手帶大的林華泰嗎？霸佔不了林華泰就要消滅掉它嗎？看著我們的顧客要冒著出車禍的危險，突然莫名地被擋下停車。有一回警察來巡查，我們就教於交通警察，警察先生說要等到造成交通事故以後，才能介入。等人流血嗎？依法執行的警察也被迫游走在法律的邊緣。

大哥大姐年事已高，誰來收拾舊山河？我當仁不讓，捨我其誰。莫非是父親的召喚？林華泰的盛名蒙塵

已久，這豈是父親想得到的林華泰？不必他講我知道這是我無可逃避的責任。他在六十歲以後還工作了三十多年才漸漸地勉強退下。以我的年紀，只能算是籃球賽的上半場結束，下半場剛開始呢！何況站在情理法俱在的一方，林華泰的老三能不挺身而出嗎？我欣然迎戰。

風雲際會，世事難料，不知不覺中，多個名號，林華泰的老三是外界給我的新封號，簡稱老三。我別無選擇地欣然接受，好像在棒球場上，第二棒被封殺，輪到第三棒上場，第四棒請預備。其實我是老六，一般人老是忘了將女兒排上去，是因為女生不打棒球嚒？我還有兩個姐姐和一位早逝的哥哥。有一個顧客對我說：「隔壁說你們的老三是在美國混不下去才回來要錢的。」我覺得好笑，竟然不知道自己有多窮，怎麼混不下。我自我介紹：「我就是老三。」

又有位顧客來說：「隔壁說你們的老三在美國住豪宅還回來要錢。」我也覺得好笑，這個豪宅要是蓋在台北多好，連常在後院吃草的一大群野鹿也願意搬過來更好，至於常來後院曬太陽的那隻老狐狸就不必麻煩牠搬家了，台北不缺老狐狸。謝謝再回來光顧的客人，讓我有機會介紹自己，打烊後唱歌給茶葉聽。或許，明天就是我們離別的日子。

「我就是老三。」聽自己的八卦，一下子混不下，一下子住豪宅，越聽越矛盾也越有趣。要是八卦消息是真的，恐怕就不好笑了。說起住豪宅就有點不好意思。二哥不久前大手筆花大錢，一口氣買下隔壁新蓋大樓裡的六個單位，多大的手筆。我的美國豪宅不爭氣，房價還不夠換他半個單位。也真難怪越來越多銅臭的台北人看不起美國人。台北人要買美式豪宅可真游刃有餘。比有錢沒錢是台北的粗俗文化，我只是趕時髦附和本土文化說說罷了。有錢沒錢隨人說，我仍然過著「回也不改其樂」的日子。

至於回來要錢是小看了老三老四，我們不從茶行拿一文錢地去經營林華泰，我還會在乎老三長老三短的謊言連篇嗎？一生做人做事清白，光明磊落，無愧天地，也不需要花時間去回應謠言謊話了。廿多年來二哥不曾分給任何股東一分錢，這是永遠無法抹滅的事實。到底是他欺負了五個兄弟姐妹，還是五個兄弟姐妹欺負了他？一位顧客憂心忡忡地說：「你二哥這樣子吃兄弟不好嘢，會那個……」他音咽色變說不下去，我也不想聽詛咒的話，請他「不要再說了！」我這個時候才知道，民間把吃兄弟視為極大的罪惡，令人難以啟齒。會怎樣？我也不知道，也不想知道。

還有一些顧客來說，隔壁的人騙他們說林華泰茶行已經不存在了或搬走了。光天化日之下，探個頭就知道的事，騙人一次也好嗎？處心積慮要除掉林華泰，對得起父親嗎？對付自己的兄弟姐妹就用最殘酷最無情的手段，招招都用上毫不保留的力道。居然向法院要求分割四分之一的建築物給他，樓梯廁所分布不均，面積大小不等都是分割的問題重重，我們怎忍心將大家珍惜的百年老店毀於一己之私？五個團結一致的兄弟姊妹不能集資以合理的價格買下它，和平解決嗎？任何人有能力就不要躲在林華泰的樹蔭下，背祖挖樹頭，刨它的根。兄弟登山，不能在一起，就各自努力吧！不要扯人後腿，踩人腳跟。樹大枝椏多，分枝難免，也應該是一場君子之爭。

數十年兄弟一場，想必知道我個性向來節制，不反擊，更沒出重拳。本文闡述事實背景，遠因近因並列，為林華泰自衛。字字句句都經得起事實的考驗。有人勸我饒恕，謊言抹黑我個人的不實言論還可一笑置之，因為認識我的人知道那不會是我。至於要摧毀林華泰的惡行，我必捍衛到底。為我父母一世為人誠懇，與人為善。家醜不外揚，我因此對二哥長期寬容，最後落得姑息養奸之名，家醜也外揚。天理昭昭，不昧良心，理得自然心安。二哥有幾分心安呢？以前你跟我抱怨，日子過得不快樂，你說的原因我也不便說。現在就快樂了嗎？在林華泰茶行旁邊開茶行，被人指指點點，說三道四，怎會快樂呢？

幾位顧客提醒我，林華泰這百年老店在台灣茶葉史上有它的地位，很多人大半輩子的歲月是在這裡買茶喝茶度過的。頭髮泛白的甲子翁回憶起半世紀前的往事，「我坐在爸爸腳踏車前的小藤椅上，大熱天老爸汗流浹背從永和大老遠騎過來買茶葉，我一直吵著，怎麼還沒到？」那是大家都汗流浹背的年代，沒有冷氣。買茶的顧客汗裡來汗裡去，用扁擔挑兩袋茶來賣的茶農也是如此，乾燥機旁的製茶工人更是如此。連一群到家裡來玩捉迷藏的小學同學，在茶包堆裡鑽來鑽去，都玩得滿身大汗。多少人在這塊土地上留下汗漬？林華泰在大家心目中形同公共財。在林華泰很多人可以找回他們生命中曾經有過的鞋印足跡，這些人對林華泰的關切，讓我汗顏。因為我們有一位兄弟不但不珍惜它，反而要摧毀老爸一生心血堆積起來的林華泰。

我們五個手足在一起，二哥獨自在楚河漢界的另一邊。隔壁大樓多數的住戶厭惡自己的住家前有拉客的行為，也和他這個六單位大戶劃出界線。這樣的人生快樂嗎？社會的現實讓有錢人容易交朋友，我這個有錢哥哥卻去製造

普林斯頓家後院樹林裡有少數紅狐，土撥鼠和一大群的野鹿。

一堆敵人。怎麼會這樣呢？我想，群居的社會總是有一個絕大多數人都認同的道德標準，這個標準是遠高於法律的要求。台灣這個地方的可愛就是這個差距比起美國等等法治國家大得多，所以讓人覺得住得舒服。不像在美國第一個送你上法庭的人，很可能就是你的鄰居。如今在身邊出現了只要不違法什麼都可以做的一家人，讓大家都覺得格格不入。加上財富雄厚，效果相乘，累了大家，苦了自己。真何必呢？一切都是為了什麼呢？他的苦，他說過，我知道，我記得。看著芸芸眾生，很多沒有很多錢的人也快樂地過日子，只要腦筋轉得過，他一點也不會苦。我勸過二哥別被錢壓得喘不過氣來，不是開玩笑的話。至於我，叨天之

老四選茶。

幸，錢多少早就滿足，何苦之有？

讓顧客滿意最優先，再來是員工高興，最後才是股東的榮耀。老三的林華泰將是如此。兩年來顧客的反應讓我們感到欣慰，我們的努力和進步都被顧客喝出來了。有一位老主顧手上握著一杯熱茶，興奮地說：「老老闆在的時候就是這個味道，加油！」這個讚許讓我興奮不已。我想，這麼多年來要讓同一個鐵桶價格不變的茶保持固有的色香味，還真不容易，非要把父親的話聽到腦海裡做不出來的。事實上顧客所謂的這個味道說不定還在，只是躲在別的標價高的鐵桶裡。林家子弟怎會不知道呢？二哥的答覆是「物價上漲」四個字，簡單的非戰之罪。很簡單也不費力氣，我們把原來的味道找回來了。二哥對外說老三不懂茶葉，我不敢言懂。茶葉學問深似海，還是謙虛一些好。茶山多少製茶師傅聽著呢！會被當笑話的。二哥也真健忘，忘了爸爸經常耳提面命的口頭禪「說自己懂茶的人就是不懂茶。」一連這句名言都沒聽進去，也真枉費店裡擺著爸爸的照片。看到一位員工把父親的大照片夾在兩條大腿的內側，讓我心痛不已。世事真難料，老爸生前絕對沒想到他的孩子之中會有人要消滅掉他一生血汗堆起來的林華泰，兄弟姐妹合作的林華泰。同時，又回頭愛起老爸。嘲笑老三，結果罵了自己！老爸啊，你真有先見之明，早早立下名言給我當犀甲神盾。凡聽過此言者，無法欺我這回頭的浪子。何況自稱懂茶的人就做得出價廉物美的茶葉嗎？值得三思。請把爸爸的玉照收起來吧，二哥！它不該是任何人用來廣告賺錢的工具。你一定記得，爸爸生前很不喜歡在外拋頭露面的。有一天我看到你的員工在街上捧著爸爸的遺照拉客。這真讓我看得眼花繚亂，但一想到現在的社會有人對待父母的態度就是視個人一時的需要而定的，問題就清楚多了。

林華泰的員工一向穩定，除了少數人有可以諒解的個人苦衷之外，一日林華泰，終身林華泰。沒有他們，茶行沒法運作，爸爸都一直保持著比外界較優渥的待遇對待員工。我們會把老爸的精神承襲下去。老三的太太在美國賓州擁有一家合夥的科技公司，手下員工二十六人，所受教育素質不低，其中三分之一有博士學位。雖然公司營運十分正常，盈餘不錯。我還是常常降低要求，鼓勵她。公司賺錢盈餘多少不重要，能讓二十六個員工有薪水可領，二十六個家庭有飯可吃，就是很大的成就，對社會很大的

貢獻。老三每年和這些員工在洋[1]尾牙午宴時見一次面，覺得自己的角色很像第一夫人。赴宴會的路上都要跟太太複習一下人名，見面時比較容易記得住。「男生留小辮子的，叫湯姆。戴耳環的男生有兩位，個子高的那一個，叫彼得，太太叫南茜，會一起來……」如此這般，做最後的補習。大家有緣聚在一起為公司效力，我心存感恩，希望他們能吃得比老闆好，穿得比老闆暖。這是我對員工的態度，也是老闆的榮耀。所以老三的目標很簡單，讓林華泰成為一個令人尊敬的茶行。

　　顧客能買得自在，回家喝得高興，覺得到林華泰買茶很值得，這是我們賣茶人的自我期許。建築方方正正的林華泰茶行長得就像你家裡的茶盒子，你的茶葉就一直是新鮮地存在裡面，春茶冬茶我們會很快地調整，想看看它們，多認識它們，請隨時來看。茶有天然的香味，像酒一樣，是很有詩意的飲料。喝一杯茶像讀一首詩，有獨特的香氣帶你進入它如詩般的意境。來林華泰茶行，我們誠心地歡迎您。除非遠遊不在，老三我親自在店裡帶你看茶，說茶，喝茶或聽聽老三的天南地北也行。你可不能有不買不好意思的壓力，有壓力是你的見外，就讓我們心平氣和地品茶吧！喝到價廉物美的味道。店裡陳列將近百個大小茶筒，裝著各種茶葉的各種不同級別，宛如來自各路的英雄好漢，幾乎囊括市面上所有的台灣茶，加上少數本土製造不出來的進口茶等等我們都有，也會老老實實地向顧客解說產地。價廉物美也讓員工能工作得踏實，可以很驕傲地對顧客說，歡迎比較品評。至於股東，隨著茶葉的品質回昇，我們又回到以林家子弟為榮的日子。能賺多少錢？老三我需要知道嗎？只知道爭取到顧客的肯定，才能尋回百年老店招牌上往日的光芒。經過幾個月的努力，顧客的滿意度已相當地高。老三回來效力林華泰無怨無悔，自知這是父親冥冥中的安排，日子過得心安理得。傳承的使命感讓我只有勇往直前，不計得失。有這層認知，日子還會難過嗎？

我們兄弟很早就是林華泰的股東，當時兩位姊姊沒份。這是爸爸早年的決定，大概是隨俗吧！他晚年都是大姊夫婦和他們的兩個女兒照顧。爸爸高興時會指著大姊說，想吃東西就要找這一位。去世前最後離家上醫院時，坐在輪椅上一直閉眼淺寐的父親被推出店門外，等車時姊姊把輪椅轉朝店內，讓他看看他廝守一輩子的林華泰。突然雙眼微啟，露出一絲清澈的眼神，微微地抬頭凝視著門上林華泰茶行的招牌，隨後轉頭向著大姊夫告別似地看一眼，努力地伸出手讓大姊夫的雙手接著握住，輕聲地說：「我的女婿，謝謝。」生命將盡，餘音微弱，卻還能震人腑肺。這也是他最後的遺言。現在很多人家和我們一樣，女兒是父母最後的看護者。不但不應該被貪婪的兒子媳婦視為外人，更應該多分享一些父母親的

為本書寫序的大學同學沈念祖陶醉在茶香裡。鶼鰈情深是每次看到他們這一對就會想到的成語。

超大的茶筒是顧客看不到的。

遺澤。老三在十多年前跟爸爸談過這件事，爸爸也嘗試補救過。亡羊補牢猶未晚也。薪火相傳，無分男女。

用焙籠炭焙茶葉的時代過去了。運作半個世紀的大型乾燥機依然老驥伏櫪，在老師傅的調控之下，努力不懈，傳承薪火，焙出一屋子的茶香。大姊夫康老師的兩個女兒，我的甥女，也是爸媽最疼愛的兩個孫女接掌茶行平日的運作，背後有三個舅舅阿姨和媽媽支持著。弟弟和我也在旁幫忙。老爸當年的精神就是我們的默契，顧客的回應肯定了我們的作風。有幾個老主顧買了茶，雙手端著錢給我，還很客氣地感謝著。

太感動人了，道謝的人該是我。我們一定要把茶葉的品質照顧好，不能辜負人家的期待。只要贏得品茶人的尊敬，百年老店的薪火自然會代代傳下，永續不斷。

昨夜來了兩位從上海來的年輕顧客，其中一位理光頭穿黑衣的小胖無釐頭地冒出了一句話：「你肯定是為一個使命感來經營茶行。」沒料到會被一個少年郎看穿了內心深處的願景。多懂事的孩子，讓我感動不已，可惜忘了問他是怎麼知道的？我相信他會回來答覆這個問題的。這時我才猛然悟到薪火的新義，不就是我身上所背負的使命感嗎？

1. 在美國公司不論大小每年在感恩節和聖誕節之間都會舉辦餐聚，目的和我們的尾牙相同。

……就讓它輕輕地，留在我唇邊。

等我回家，再親口將它送到妳的舌尖上。

4 阿拉斯加之旅

九〇年左右的一個夏日黃昏，人在溫哥華市中心的港邊上。面對著深濶的海灣，仰望對岸綿延聳立的高峰，如此依山傍水，在海風輕拂下，景色特別迷人。定神一想，不知多少天下有情人就在這山海之前，緊握雙手，立下終身不渝的山盟海誓。水深，海枯不了；山高，石爛不了，就任你們恣意地去天長地久，海枯石爛吧！海灣的空氣就是這麼地羅曼蒂克起來，濃濃的。讓人還沒離開這裡，就滿腦浪漫，想下一次什麼時候再回來？

停靠在大樓旁的公主號豪華遊輪，在一聲低沉的汽笛響過後，緩緩地離開岸邊。船上船下，識與不識，紛紛揮手道別。巨大的遊輪轉入了港灣，伴著往來繁忙的船隻和水上飛機，穿過獅門橋下，西出港都，迎向落日。此情此景，讓我看在眼底，記在心裡，有朝一日我也要像甲板上的天之驕子一樣，牽著妳的小手，一起乘風破浪，投入夕陽，消失在灰濛濛的海天之際。二十年來這顆企盼的心一直是熾熱的，只是在等待時機的來到。

遊輪一向是歐吉桑和歐巴桑的天下，年輕人自然是避而遠之。何況到阿拉斯加旅遊，搭遊輪並不是唯一的選擇。於是在不是歐吉桑不搭遊輪的原則下，去了六趟阿拉斯加，每一趟都盡興而歸。在此同時，時光是製造歐吉桑和歐巴桑的機器，日夜不停地增人皺紋，添人白髮。還在搞不清自己是不是歐吉桑的時候，驀然發現周遭的歐巴桑越來越可愛動人，進而喜歡上了這些超熟女仕。喜歡歐巴桑，還能賴著不肯當歐吉桑嗎？我知道搭遊輪的時機到了。更何況我們這些愛玩的校友，不分男女，向來是超熱情的，讓身處其中的人感到非常地溫馨。大家在船上一起，吃吃喝喝，唱唱跳跳，就是不睡覺。不吃不喝，不唱不跳，就是在睡覺。過的是吃喝唱跳神仙般的日子。

二〇一〇年七月初我們夫婦倆，加上女兒，和往年一樣到加拿大落磯山脈（Canadian Rockies）登山健行兩禮拜。十六日我在卡加利（Calgary），送走飛回舊金山的女兒，和飛回費城的太太惜別後，隻身飛到溫哥華，向紐約台大校友旅行團報到。第二天搭乘遊覽巴士參觀了幾個市區內的景點之後，便登上壯碩的鑽石公主號遊輪。像以往一樣，船在一聲長鳴之後，啟碇離港。

這回天之驕子人手一個數位相機，也就不能再像當年一樣，那麼瀟灑地揮手道別了。東喀嚓，西喀嚓，野心勃勃地想把這一大片的好山好水盡收在小小的晶片裡。溫哥華的山水之美依舊，羅曼蒂克猶存，只是一人獨行，無手可牽。就在昨夜，面對著妳為我準備的行李，衣物俱全，工整地排列著，心裡一陣感激，彷彿妳就在跟前。我當然知道妳給了我什麼？至於該在妳耳邊呢喃的輕聲細語，就讓它悄悄地，留在我的心坎裡，隨著伊媚兒飄到妳的眼前。船已在大海裡，正朝向阿拉斯加全速前進。我這個守了二十年的浪漫終於，孑然一身帶著缺憾地，畫下了句點。

科契坎（Ketchikan）是船停的第一站。看完伐木表演和逛過圖騰公園後，開始觀光客的瞎拼大事。小鎮商店林立，早已開門佈陣以待。其中以二十塊錢一件的雙面厚夾克最得大家的青睞。物美價廉是我們這個最後的邊疆給人的第一個印象。像是灑水澆花一般，遊輪是水桶，乘客是水滴。兩艘大船一下子倒出四五千個蹦蹦跳的水滴，小鎮像澆了水的花似的，一瞬間活了起來。磨肩擦背，車水馬龍，好不熱鬧。這些剛吃完早餐的旅客，盡管精神抖擻，瞎拼意志高昂，幾條街逛下來，也餓腸轆轆了。這時的遊輪真是一個完美的家，不出一箭之遙的家，隨時有美食可吃的家，和一群學有專精的酒肉朋友住在一起的家……。

在朱諾買的毛象牙。

隔天停第二站朱諾，（Juneau），阿拉斯加州的首府，也是一個交通孤立的小鎮。背山面水，山後即是加拿大。鎮上所有車子都是外地水路運進來的。我們參觀了一個冰河和鮭魚育苗場，看到爭先恐後急著游回老家的鮭魚。最後回到碼頭附近的鬧區，也是瞎拼，我及時擺脫一伙進度緩慢的瞎拼團，獨自行動。很快地在一家工藝品店看到我的目標，一根長毛象的象牙。這個傢伙長約五尺半，重八十磅，根部圓周有一尺半粗，不算小，但也不是超大。店東自動降了幾次價，我也略通行情，一下子就成交了。稅款和運費全包，另加送一節鯨魚脊椎骨。是西伯利亞出土的嗎？我無聊地問。不，是育空（Yukon）的。這真是個自找的無聊問題，店東不一定知

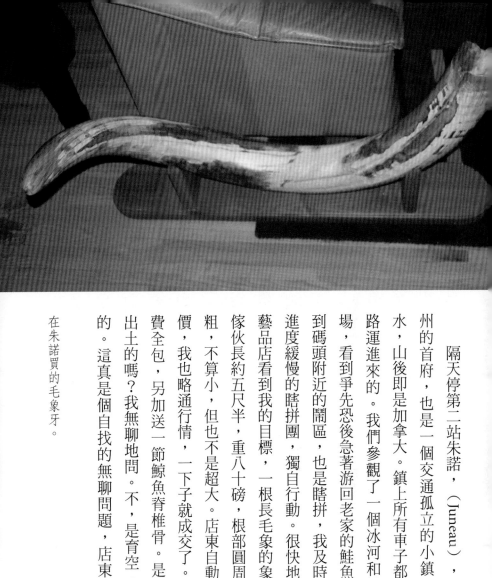

道答案。要是百萬年後在美洲挖出一根台大校友的人骨化石，這根曾經搭飛機到處趴趴跑的化石，那裡出土又有何意義？萬一店東給了我一個意外的答案，那才是煩惱的開始。記得沒幾年前，在育空挖出一隻帶肉的長毛象，因冰箱不夠大，只好放在外面過夜，不料在半夜被野狼吃了。野狼吃到的是萬年象肉。帶著收據，雙手空空地走出店門，看不出我已幹下一筆破了自己花費記錄的瞎拼。回到船上，遇到甘學長夫婦才知道，我瞎拼不力，漏了一根八尺長的大傢伙，擺在別家店裡。可惜已來不及去瞧它一眼了。估計至少萬年前，這隻可憐的長毛象得拖著兩根觸地的大牙到處跑。由於長毛象已是絕種的動物，象牙的買賣不但合法，而且被鼓勵。與其在土裡任它腐壞，不如讓人收藏保存。

在內海航行了一夜，抵達史卡格威（Skagway）。一八九八年的夏天，這附近來了上萬的淘金客。每一個想到加拿大淘金的人得自備足夠的糧食，麵粉糖鹽等一牛車之多。再憑體力一袋接一袋背著，走上奇爾庫特小徑（Chilkoot Trail），翻山越嶺，到達邊界，如此反覆上下，讓加拿大警騎檢查過關。這裡正是吃苦頭的開始。幾年後才開始籌資修築鐵路，取代血汗斑斑的奇爾庫特小徑。鐵路的盡頭，接著湍急的河運，才到克隆戴克(Klondike)這個產金區。關於這段艱辛的歷史，當時的英國詩人羅勃塞維斯（Robert Service）有一段動人的描述：

山姆麥奇(Sam McGee)臨終前要求他的隊長，將他火葬了事，因為他實在是太冷了。當火葬的爐火熊熊燃燒時，隊長以為燒得差不多了，打開爐門一看，怪事發生了。表情安詳冷酷的山姆坐在爐火的中央，露出遠遠就可看得到的笑容說：「請將門關上。在這兒很好，不過我真怕你讓冷風跑進來。自從我離開田納西梅林的老家，這是頭一次感到溫暖。」

雖然此行不深入到道森鎮（Dawson City），當年的淘金地，我們多數人選擇了搭巴士上山，越過國界，到加拿大的育空領地（Yukon Territory）。我們的巴士離開史卡格威不久，就進入雲霧縹緲中的山谷上山。火車鐵路就在山谷的另一邊與公路遙遙相對。騰雲駕霧中的照像機已無用武之地，徒然辜負了環繞四周的群山峻彥和路旁層層的湖泊流水。首先到達一座鐵索橋，是為觀光客而建的新橋。林教授就在溪澗邊上的橋頭，帶大家做起健身操。能在山明水秀，毫無人煙的地方，活絡一下筋骨，也是人生的一個享受。

巴士向北開到一個鮮綠色的湖畔，叫翡翠湖（Emerald Lake）。湖心是綠中帶點藍，向湖四周的淺處淡去，到了湖邊已呈泛白的淺綠。這是萬年前冰川磨下碳酸鈣的石灰沉積於湖底所致。顏色亦有別於多數還活躍著的冰河湖。湖畔的綠地上有著稀疏的針葉林，倒影映在晶瑩剔透的湖水，美得不似在人間。岸旁僅有的一間兩層樓綠頂木屋，守護著如鏡般的湖面。它也就是十五年前似夢非夢中出現過的木屋。當年行蹤至此，驚為仙境，立即意氣風發地向當地的地產商探價，他給了一個剛成交不久的價碼。這個難得的機會就這麼擦身而過。當然，在天涯海角擁有一個仙境或許是不切實際的事，可是人生難得一件可遇不可求的事就像一場美夢。回首前塵，那是人生

邁向巔峰，很多美夢可以予求予取的歲月。仙境意外地闖入了那段美麗的年華，回想起來還有甜甜的滋味。這次舊地重遊回到夢境，和附近旅遊中心的人談起這段往事，驗証了現在的屋主還是十五年前遷入的幸運兒。我想美麗的人生還是需要靠一些美夢串接起來。即使時過境遷，還會餘韻猶存。

回程的路上雲消霧散，車窗外的風景清晰，可惜來程的熱情被睡蟲吞噬了。照像機也跟著閉門午休。待眾人醒來已是喝完午茶的史卡格威，卻是另一輪瞎拼的開始。獨自一人，鷹眼匆匆地掃過一遍櫥窗，買幾個鯨骨雕刻。經過海水沖刷多年的鯨骨已疏鬆多孔，雕成麝香牛（musk ox），倒有一股滄桑的淒美。

翡翠湖。木屋在右方。

隔天一大清早船就停在一大片冰河之前。這裡是冰河國家公園。一個很不容易到得了的地方，需要靠小飛機或小船進出。當冰河到了海邊，後面繼續推擠下來，前面的冰塊只好跳海去了。要是冰河不崩解下水，天天紋風不動，人們還有興趣看冰河嗎？愛看稀有的奇景似乎是人類的天性。車禍是稀有的奇景，高速公路上北上車流減速塞車，為了看南下線上的車禍即是一例。一聲如雷般的巨響，跟著冰塊的裂解，墜入海裡，激起一陣浪花。這就是甲板上旅客守株待兔的期望，可惜經常是事與願違，冰河不合作，吝於表現。讓手持像機或望遠鏡的痴情漢在冷風中望穿秋水，等著冰山美人的一絲脈動。附近浮冰上躺著懶洋洋的海豹海狗，消遙自在地做日光浴，也讓攝影師有點收穫。離開國家公園後，遊輪轉入威廉王子海灣（Prince William Sound），也是看冰河。當晚三更半夜抵達惠提爾（Whittier），是遊輪的終點，我們整個旅行的中點。亦是水路的結束，陸路的開始。

天剛破曉，乘坐的觀光列車向安克拉治（Anchorage）出發，卻過門不入。停在塔基特那（Talkeetna），一個名不見經傳，人口稀少的村莊。我們住入輪船公司蓋在附近的旅館。翌晨逛了小村子的市集，手工藝品的質料普通，欲花錢而無門。其實這裡的人是阿拉斯加人的一個縮影，有些嬉皮，安貧和快樂。這也是此行唯一的機會能接觸到草根性的當地人，其餘能接觸到的人都是觀光業的從業人員。當地人努力地想爭取觀光客的生意，卻力有未逮。下午搭乘快艇馳騁在三河交會附近的溪流，唯一的收穫是看到國鳥白頭鷹乙隻。隔天巴士載我們到地那利(Denali)，國家公園門口的小鎮，住入也是輪船公司的旅館。這個國家公園境內擁有北美最高峰，麥金萊山峰（Mount McKinley）。能一睹它的丰采也是難得的事，我們為數不多的樂山者決定搭乘公園的巴士，深入其境，親睹高峰。

這是來回十一小時的車程，我們志在必得佔到好位子，早早就排隊等車。看得到高山是聽天由命，看風景，看動物才是穩當的收穫。叨天之倖，躲過幾天來陰雨的天氣，我們有一個陽光普照的好日子，加上一位既健談又聽話的女性好司機兼導遊。只要有人叫停，司機有求必應，同時拉上手剎車，讓大家盡情地看動物。我們也非常守規矩，靜悄悄地看，不嚇走動物。馴鹿，山羊，灰熊和麋鹿等大型動物都看到數次了，唯有那個名山一直在雲霧中絲毫不露。

像學校巴士一樣的綠車子就一直線地往裡面深入，沿著河谷沒有什麼盤旋地走著。但是有幾哩路是沿著懸崖的山路真懾人魂魄，窗外一二十層樓深的河谷，令人腳底發麻。這也就是為什麼公園不讓私人的車子進入，遊客一律要坐公園的巴士才能進來。就在車子快到達終點站萬德湖（Wonder Lake）的時候，司機說：「麥金萊露出一點了。」大家忙著往窗外看，可是遠處的山上仍是一片雲霧。大家可沒料到山峰遠在雲霧之上，要仰著頭往上看才能看到。雲霧漸漸地飄走，山頭越露越多，大家也跟著興奮起來。這個巨無霸比我們想像的還要高大很多，所謂的「高山仰止」大概就是真要將脖子彎到最高為止這個意思。大家急著下車去照相，沒料到成千上萬隻的蚊子，謔稱為阿拉斯加的州鳥，在恭候著我們呢。往臉上一抹，竟是滿手鮮血，大概是我自己的血。這裡不是久留之地，趕快上車回去吧。

這時開始飄起毛毛細雨，路邊遠處有一個小湖，我們看到彩虹鋪在水面上。這是我第一次看到躺在地面，不成弓形的彩虹，感覺上有一點

新鮮，也有一點怪異。回程的路上司機仍是興緻沖沖地尋找動物，不帶著一點倦容。回頭遠眺麥金萊，哇，從上到下，赤裸裸的展現在眼前，不遮上一片雲彩，羞羞羞——不斷的相機聲。現在跟對方錯車的時候，我們是臨著深淵的一邊，這回我連頭皮也發麻了。看著司機不急不徐地做出非常熟稔的動作，我知道對司機而言，這不是一個難題，心裡的緊張也跟著放鬆下來。兩位司機相遇還帶有螞蟻碰頭的動作，交換一些訊息，譬如河床有灰

北美第一高峰，麥金萊山峰位於國家公園之內。常被雲霧籠罩。

態，斜坡有山羊等。溪谷對面的山脈有一大片黃土的黃山，一大片草叢的綠山，昨夜剛下雪的白山，土壤帶鐵質的褐山，層層山峰有著層層不同的色彩，如此彩色紛繽的山景還不多見呢。這時的麥金萊漸漸的又被雲霧給遮上了，如此地一開一闔好像是特別為我們演出的。黃昏八點鐘準時回到車站，大家餓著肚皮花半個小時走回旅館。沿途還能照像談笑，愉悅的笑靨流露出此行的豐收。

翌日午後我們又上了火車往費爾班克斯（Fairbanks），阿拉斯加的第二大城。雙層車廂的下層就是一個小而美的餐廳，乘客輪流下樓享用豐盛的晚餐。由於輪船公司沒有安排市區的觀光，隔天我們只好自行前往。看著沒落的鬧區只剩下幾家乏人問津的禮品店，我內心感到一陣心酸。在遊輪公司的安排下，各種不同套餐式的觀光節目都經過刻意的安排，就是不讓旅客的鈔票外流。如今到大都市逛街的那份閒情逸緻也被巧妙地剝奪了，令人扼腕和嘆息。

最後一個旅遊節目是搭乘河輪，在靜靜的河面上慢行。首先看到的是水上飛機的升降表演，接著船走到下一個岸旁，我們看到的是狗橇的操作。這是由蘇珊巴雀兒（Susan Butcher）的先生主持的。巴雀兒女士是阿拉斯加狗橇大賽愛的牠拉（Iditarod）四次冠軍的英雄，可惜五年前因白血病過世。這是一年一度長達十天左右不眠不休地在雪地裡的競賽。她能連年擊敗眾多的男士，令人欽佩，也為她的英年早逝惋惜。最後船又移到另一個岸邊，看印地安人講解他們的生活方式，包括捕魚燻魚和皮毛大衣的製作等等。

晚餐吃的是salmon bake，本來是泛指夏天才營業的烤鮭魚攤子，帶有鄉土味。我所瞭解的鄉土味是吃到或多或少的當地產物，通常是簡單便宜，付的錢以食物為主，硬體設備不重要。這家餐廳是食物照舊，塑料雨棚和長板凳桌椅被簡單的餐室取代，我們因此付出昂貴的門票，丟了鄉土味。

這天正是林教授夫婦的結婚周年日，加上這餐飯是遊輪公司行程的尾聲，一些團員就要打道回府了。歡樂與惜別的情緒交織，暗濤洶湧。余學弟夫婦沽酒請客，眾人蛊往盞來，觥籌交錯。將暗濤激起，堆出巨浪，把我們兩禮拜來相互照顧的情誼，疼捨不得到極點。此時，酒水昇華造就成淚水。兩人四眼相對，一片淚光，分不出是誰的哪一隻眼睛含了淚。然而含淚的微笑是人間的最美，在這美麗的仲夏之夜我看到了。北國之夜不夜，今夜男帥女靚，非有團體照為憑不可，我們拍了照才走。在回旅館不到十分鐘的車上，我意猶未盡，不揣自陋，只想唱出心中的不捨，選了最合我意和時宜的"Time to Say Goodbye"。接著林教授夫人帶大家唱「當我們同在一起」，在嘹亮的歌聲中，我情不自禁地想起大家在一起的美好時光。也讓人想起不在場的康樂股長，這應該是她的時間。這最後的離別之夜，就別笑我多情了。我們多數人卻還有另一天嶄新的旅程等著我們，到美國國土最北方的疆界，巴羅（Barrow）小鎮。

一大清早我們搭乘班機往北飛到普魯多灣（Prudhoe Bay）。這是阿拉斯加在北極海邊的產油區。在飛往巴羅的途中，能在普魯多灣起降真是一個意想不到的加菜。雖然車子可以沿著油管到達普魯多灣，但這是一個非常艱難的旅途。如今我們可以不廢吹灰之力在空中鳥瞰普魯多灣，讓我感到十分地新鮮和高興。幾分鐘的飛行回答了我幾十年來的好奇，我很興奮地看到油井是如何地與大自然融合，和什麼是普魯多灣的大自然。

到了巴羅我們搭上巴士，開始一天的參觀旅遊。這裡是一個緊鄰北極海的愛斯基摩人小鎮。房子多半是簡陋的木屋，卻不便宜，因為所有的建材都靠飛機運進來，沒有公路接到外面的世界。輜重的物資譬如車輛等等只好靠著每年一次的駁船水運，繞過白令海峽而來。接著我們觀賞了愛斯基摩人的歌舞表演，也跟他們手舞足蹈一番。

隨後巴士沿著海岸朝北開去，景色漸漸地荒涼。兼導遊的司機脫下外衣外褲走進海水裡，也要求我們跟著做。可惜多數人興緻缺缺。我知道這個海水不會是冰涼的，同時想起智者如孔夫子不也喜歡濯足玩水嗎？於是入境隨俗，脫了鞋，撩起褲管，也跟著踏入海水中，淺嚐一下北極海的海水在夏日的冷暖。有些學長怕水溫過於冰冷，勸阻我別逞強，我笑而不語，已經不是我第一次或第二度走入北極海了。這是我的第五趟抵

在這裡不難看到的馴鹿。

達北極海濱的旅行。

曾經，就在這裡我肉眼看到海上有幾個此起彼落的噴水柱。也在這海灘上，三隻整齊並列的鯨魚骨骸等著幾位原住民把肥厚的鯨肉清除乾淨，骨骼上的血跡斑斑也有待洗刷，才被運到它們的博物館新家。

回到小鎮的路上我們竟然看到一個巒新的美式足球場，建在半島的海灘上。給陰霾多霧並且荒涼無邊的天地，平添了球場上十分耀眼的黃藍兩色，也是州旗的顏色。在這個州兩個高中足球隊比賽是要搭飛機才能碰頭的，但也沒有幾個球隊。最後我們進

鳥瞰產油的普魯多灣。

入了當地的超級市場，大家都進去參觀一下，雖然這是一個很平常的事，卻也是個新鮮的經驗。看到他們賣什麼，吃什麼，多昂貴。

在回到機場的路上有人問我，這個行程值得一來嗎？我回答著：「假如你不來的話，你能想像這裡的人是怎麼地生活嗎？」我想很值得的，不是嗎？何況我們又賺到普魯多灣的驚鴻一瞥。這個滿足感會讓人終身珍惜著，因為很少人能說得出巴羅長什麼樣子。對於這裡的自然和人文環境，我們至少達到不惑的境界，只因為我們親眼看到了。以前有千百個要問的問題，一天之內也都得到了答案。行萬里路勝讀萬卷書，真不虛此言。

從巴羅，費爾班克斯，西雅圖，我們一路轉機飛回紐約。很疲憊卻很滿足地完成了這一次旅行。

這是第三十六趟從波士頓到普林斯頓，
也是最後一趟。

5 從普林斯頓到波士頓

家在新澤西州的普林斯頓（Princeton），女兒在波士頓唸大學，便註定我在這兩個地方奔波四年的命運。為了送女兒到學校和接她回家，獨自開車南來北往的歷程，我像多數的父親一樣，樂於效勞，並認為是人生的一段極美好的時光。

記得女兒還小的時候，她的鋼琴老師舉辦期終的學生音樂會。年紀最大也是彈得最好的是一位即將進入麻省理工學院（以下簡稱MIT）上大學的大男孩。他彈完之後，我楞住盯著他很久很久，腦子裡想的是什麼樣子的孩子想進也能進MIT。當時我在貝爾實驗室上班，和我同一個辦公室的同事是個擁有MIT物理博士的猶太書生，喜歡跟我談他的核子物理論文，並在黑板上導公式。所用到的數學的確讓我這個唸數學的人刮目相看，可見他做學問功力的深厚。

可是當女兒申請大學也考慮MIT，我沒當真，反正每一個申請大學的孩子會，也應該要，申請一兩家夢中的學校。只是她的夢是遠在我的夢之外。沒想到我們春假在外度假回來，在一大疊的信件中夾著MIT的錄取通知。我又楞住了，盯著女兒很久很久，心想我何德何能怎麼會養出一個能上MIT的女兒。一個學業成績不錯，課餘是個爵士樂團的吉他手就進得了MIT嗎？立即而來的憂慮是我們的鄰居古樸他先生有個曾唸過MIT的女兒，唸了三年精神上出問題，退學回家。他一談到MIT就有吐不盡的嘆息。更讓人心驚的是MIT學生的自殺率一直是全美大學排名第一，而且遙遙領先第二名。因此我也擔心，不知女兒是否能克服壓力，完成學業。同時建議她考慮去老爸和老媽的母校，在[1]費城的賓夕法尼亞大學，離家近，[2]又是長春藤盟校之一，應是不差。可是多數年輕人的夢是遠走高飛的，何況費城也不是她心目中一個海闊天空的大都會，她果斷地選擇了位於新英格蘭的名校。至於名校如何挑上了她？我心裡好奇地想知道。

1. University of Pennsylvania, 簡稱 U Penn 或 Penn，賓大。
2. Ivy League，長春藤盟校，源自體育賽事的校際結盟，包括八家美國東部歷史悠久的名校。成員有普林斯頓（1746，1），哈佛（1636，2），耶魯（1701，3），哥倫比亞（1754，4），賓夕法尼亞（1740，7），達特茅斯（1769，10），布朗（1764，14）和康乃爾（1865，16）。前面數字是成立年份，後面數字是美國大學排行榜在 2014 年公佈的名次，排名可並列。有人注重學術，將排名第五的史丹福和第七的麻省理工學院，加上長春藤八校，稱之「泛長春藤」Ivy Plus 十大名校。

從普林斯頓到波士頓的距離約兩百八十英里路，途中要經過新澤西州的北部，穿過大紐約市的郊區，橫渡康乃狄格州(Connecticut)，接上往東的麻州高速公路，抵達波士頓。MIT所在之地的劍橋市（Cambridge）和波士頓只是一河之隔。這長達五六小時的車程，是難得的父女對話時間。為避免淪為聽父親訓話，我儘量多聽少說，她不說我才說。主要是談談老爸一生過去的歲月，天南地北什麼都說，讓她自己去蕪存菁，好的留下學習，壞的引為殷鑑。雖然兩代之間的時空變遷很大，但是普世的價值觀大致差不了多少。這也是難得的機會將我所學自父母的庭訓傳給下一代。女兒除了有時會說：「爹，你講第二次了。」打斷我的話，大致上是聽進去了。這輛南下回家北上返校的專車，有時加入家在附近的侯家上MIT的兒子，和女兒的高中同窗唸哈佛的阿蒂堤。最後一年又加入侯家上哈佛的女兒。載了一車子的名校孩子，我更覺得任重道遠。

阿蒂堤是個獨生女，安靜乖巧，是高中畢業典禮時上臺演講的第一名畢業生。父母溫文儒雅，平易近人。讓人覺得這種父母養得出優秀的女兒，不是意外。至於侯家爸媽更值得個案研究，如何將兩個小孩都送進名校。每次侯家孩子回家，侯媽媽就忙得灰頭土臉，準備數十份「晚餐」給孩子帶回學校吃整個月。一份份內容不一的晚餐讓孩子只要加熱就可以吃到媽媽做的菜。有一位媽媽說，假如她的孩子能唸名校，她也心甘情願替孩子料理三餐飯。我笑著說，這樣子是行不通的。人家侯媽媽是老早就夙夜匪懈，一心一德，貫徹始終。要等到孩子進入名校，才願意努力，倒因為果，那就太遲了。

MIT畢業典禮。1995年的一個夏日清晨，過路人都注意到一輛校警的車子停在這圓拱的屋頂上。讓大家百思不解的是如何能在在一夕之間將一部警車弄到屋頂上？這是畢業生的傑作，深具創意。才華也會有極限的，答案是警車以假亂真。

史丹福博士袍下的高跟鞋，健步如飛。

有侯媽媽盡全力為孩子打理一切，侯爸爸整天笑臉迎人，無為而治，家裡當然是和樂吉祥的。如何才能培養出優秀的下一代，一直是為人父母心中的迷思。看看侯家爸媽的言行多少會告訴我們一些訊息。有一回載四個孩子返校，出發不久女兒開始打起瞌睡，從車上後視鏡看到其他三個孩子都在看教科書。我發現這些孩子真的喜歡唸書，心平氣和地唸，不為考試，因為不在考期。而閉目養神，老神在在的女兒，也能忝為名校學生，我還是有些不解。

一直到畢業典禮這天，我似乎得到了答案：因為她能很愉快地度過四年，所以她能被學校錄取。這是什麼因果顛倒，時空錯亂的邏輯！其實沒錯，只是四年前MIT先看得到結局，而我傻傻地放不下心，自然就看不遠了。望著穿著黑袍的女兒笑靨迎人，深得人緣，無疑地四年的大學生活是成功的。載著全家人和女兒四年的家當，揮別劍橋，開車上路。這是第三十六趟從波士頓到普林斯頓，也是最後一趟。

三年過去了。阿蒂堤已從耶魯法學院畢業，在華府進入律師的生涯。

侯家兩個孩子都留在原校，攻讀博士學位。想起這些後起之秀，讓我十分懷念與他們有緣同車的日子。他們的父母是多少人羨慕的對象，可是大家無緣像我有幸看到侯媽媽偉大的一面，一個孩子一個月三十頓飯菜，兩個孩子六十頓，每一次孩子離家前夕，侯媽媽像是在辦請六十人吃飯的酒席。我總認為這只是侯家之所以教育成功的一個小例子，一定還有很多致勝秘方有待大家學習。

至於遠去加州繼續深造的女兒，我開了一趟車載著她的家當，從普林斯頓到史丹福，[3]三千英里一次付清。長途奔波，出了陽關的車子也陪著女兒就地定居下來，以後即便望穿秋水，也不會有回程了。女兒跟多數人一樣到了氣候宜人的西部，就像斷了線的風箏，拉不回來。現在可簡單多了，為她開的車是從普林斯頓到費城機場來回，一年至少回家兩次，接送四趟車來回。扮演女兒司機的角色漸漸地淡出人生，我默默地接受終於來到的世代交替。

3. 即史丹福大學所在地名，在北加州舊金山南郊。女兒已在史丹福大學取得材料工程博士學位。

「爹地，我要吃你煮的。」

6 幸福的滋味

「幸福」這兩個字看似簡單易懂，實則像滑溜溜的泥鰍一般，很難讓人捉住它的意義。哲學家可以為它長篇大論還不能給我們滿意的答案。可是和街坊的普羅大眾的言談中，我們可以毫無問題地溝通，知道我們講的幸福是什麼樣的感覺。雖然每一個人對幸福的要求不一，但基本上是心裡頭高興滿足便是幸福。

小孩子小口地舔著巧克力，他在慢慢地享受幸福的滋味。可是當小孩子長大後可以買得起成千上萬盒巧克力時，巧克力中幸福的味道便淡了許多。甚至，當周遭的朋友吃的是名牌巧克力時，吃起自家的巧克力不但沒有幸福的滋味，還會讓人覺得索然無味。巧克力沒變，是人變了。人是讓經年累月的世俗價值觀扭曲了自己，丟了原有的赤子之心，也丟了曾經擁有過的幸福的滋味。這就是為什麼會有憶苦思甜這回事，其實現代的人多數生活條件比起以前大有改善，應該覺得更幸福才是。可是我們常常輕率地為現代的小孩感到可憐，只因為他們不曾有機會到田裡去捉蝌蚪，卻忘了他們從小就有比蝌蚪好玩的谷歌（google）。童年的回憶是甜美的，一隻蝌蚪就是幸福的象徵。所以幸福的感覺出現的形式可以很簡單的，甚至常常就在我們的身邊，唾手可得。有智慧的頭腦，謙卑的心胸都可以幫我們去擷取稍縱即逝的幸福滋味。

一塊巧克力，一隻蝌蚪，或是一輪明月，一縷清風都可讓有心人感到人生的美好。但是要問一個人的人生是否幸福，問題可就大了。畢竟月有陰晴圓缺，人有悲歡離合，能有一個沒有大缺憾的人生實在不是易事。近年來都一直訂有紐約大都會歌劇院的季票，一年大致要看到八至十場歌劇。最近每每在歌劇劇終落幕時，有一股強烈的幸福感湧上心頭。眼眶濕潤地跟身旁美好的另一半悄悄地說：「我覺得好幸福，妳呢？」我心裡自忖的幸福已不只是在歌劇院內，而是囊括了走出劇院外的人生。老天真待我不薄，讓我能長期享受一流的聲色之娛。不管歌劇是悲是喜，對我都是一樣地滿足。悲劇讓我感到即使是一個很平淡的人生也是十分的可貴；喜劇讓人感到振奮，進而認識到智慧和謙卑可以為很多事情帶來美滿的結局。仔細想想這份幸福的感覺可謂得來不易，不但是歌劇之美遠比清風明月複雜得多，興趣品味的培養不易，而且時間金錢所費不貲。更重要的是這些年來家裡一切平順，父母高壽，太太的事業和孩子的學業都很順利，與他們溝通也順暢無阻。他們對我這個老爸平凡的廚藝十分尊重，我為他們服務也自有一份榮耀。估量自己一生至此所享的福份，遠超過一般人所擁有的，可以說是死而無憾了。上劇院看歌劇是生活精緻的體現，有如生命敏感的末梢，容易觸景生情，難怪會讓我當場讚嘆生命之美。但是，人生未了，未來的人生正如共同基金給我們的警語：不能保証未來的表現能像過去的成績一般地出色。為維護這麼一個幸福的人生，我們仍需戰戰兢兢，一點一滴地努力經營。

感恩節之前的禮拜六大都會歌劇院上演的是「[1]費加洛婚禮」，陣容是我前所未見的堅強。男女主角都是以唱這齣歌劇進入大都會的。他們長期以唱「費加洛婚禮」著稱，歌聲和演技都已到爐火純青的地步。能有機會欣賞他們的演出，是歌迷們最大的期望。劇終謝幕時，我和多數的觀眾一樣給予最熱情的起立鼓掌，全身陶醉在幸福美滿的氣氛裡。

由於這一年來我勤練兩首費加洛所唱的詠嘆調，男主角[2]特佛爾（Bryn Terfel）扮演費加洛的一舉一動都是我極欲觀摹的地方。當歌劇演出時我既要欣賞又要學習，難免顧此失彼。感恩節的前夕歌劇院又上演這齣戲，由同一批卡斯脫擔綱演出。我極想重回歌劇院再看一回，可是在同一時間卻要到同在紐約的哥倫比亞大學接兒子回家過節。兩難之下，費加洛自然是敵不過寶貝的兒子。到哥大的途中路過歌劇院時，我心欲碎，看看手錶，已是開演後四十六分鐘，應該是特佛爾唱著名詠嘆調的時候了。在黃色的士車陣中往來搏殺之際，我心繫費加洛，彷彿聽到特佛爾雄渾的歌聲唱著「再不能像蝴蝶般拈花惹草」。心中頓時洋溢著甜蜜的感覺，同時不禁啞然失笑，原來是我的人車彷彿已化為

遙想當年台大的畢業典禮，心情平淡不喜不憂。

哥大畢業典禮後的校園殘局。

蝴蝶，穿梭在黃色的花叢中。這種「雖不能至，然心嚮往之」的奇妙際遇，似乎是只有喜歡費加洛的幸運人兒才感受得出來。幸福的滋味能夠隨處取得，那麼這樣的人生又教人如何不神采飛揚呢？

彩紙飄滿六月晴空，畢業典禮曲終人散。兒子從哥大畢業了。最後一學期修了六門課，兩天前才知道能夠畢業，有其父必有其子，我心知肚明。以「一息尚存，鍥而不捨」的意義鼓勵他。還穿著畢業生天藍色的外袍，主修應用物理的兒子迫不及待地宣稱，今生今世與物理情盡緣了，從此不再碰物理。我欣然尊重他的決定，歡喜就好。親友都說當我的兒女真幸福。怎不？這個老爸整天只會說歡喜就好。曾經，兒子擁有過一個妹妹，我們的小女兒，還來不及會叫聲哥哥，她就走了，永遠地離開我們。能夠卑微地活著，曾是我所祈求的幸福。生離死別的淚水洗滌過的人生，還要奢求什麼呢？寧可拋棄一切的身外之物也要活著。那種絕望的滋味是畢生難忘的。這件事告訴了我，幸福的滋味可以是淡淡如一杯清水，只是這個理解的代價太大了。懂嗎？有一個年輕的朋友說不懂，我為他慶幸地說，不懂最好，永遠都不必去懂更好。適時的一句「歡喜就好」侍候家人，就是一個很體貼的尊重。上前給兒子一個十足的擁抱時，我在他耳邊悄悄地說：「自己決定就好，加油。」他露出微笑，就像他小時候，我把冰淇淋上面那顆紅櫻桃讓給他吃一樣的喜悅。眼神露出感激，輕聲地說謝謝，他知道這父愛之深是無止境的。

多年前也是在感恩節的前夕接[3]兒子回家過節，那是兒子上大學之後第一次回家。途中我問他：「你今天晚上要到那裡吃飯？」我的意思是時候不早了，我們去那家餐館吃飯？他竟靦腆地說：「爹地，我要吃你煮的。」怎會有這種答案呢？毫無修飾的直言，是無忌的童言嚒？我一時楞住，一陣心酸，一片淚光，半响說不出話來，只顧著不讓淚水滴下。真不捨的是一頓爸爸煮的飯讓他久等了三個月。這是我為人父感到十分窩心的一刻，那一年的感恩節真教我難忘。我頓悟到幸福泰半是由人耕耘出來的，種什麼因得什麼果，而不只是天賜命運的安排。

1. 歌劇費加洛婚禮是莫扎特所作意大利文的喜劇。劇裡耳熟能詳的詠嘆調特別多。在公元兩千年時被選為千年來最佳的音樂。
2. 特佛爾，英國威爾斯人，是世界上頂尖的男中音。
3. 兒子唸應用物理，早已畢業。現在在紐約，Jetblue 航空公司的總部上班。員工的父母可免費搭乘該公司的班機。按空缺的機位排隊遞補，我們的優先順位很差。

國立臺灣大學 國立臺灣大學校友總會
創校八十年校慶餐會
80th Anniversary Dinner Banquet
八十臺大 前進百大

在校慶餐會上獨唱。

厚重的畢業紀念冊，
為眾學子留下了唸了書後的靈氣和進染缸前的稚氣。

7 燦爛的笑容

記紐約台大校友台灣之行

像是一群迴游逆水而上返回老家的鮭魚，我們一行三十位住在大紐約地區的台大校友和眷屬，在賴學長的帶領之下，回到台灣這個成長的地方。三五十年前這一群意氣風發的少年郎，有的從基隆有的從松山，揮別家人，飄洋過海，到了大洋的彼岸。這群鮭魚興緻特好，游得最遠，到了地球另一邊的紐約。年少時匆匆忙忙，急著遠走高飛，連成長的地方都沒來得及看清楚就走了。這回趁母校八十大壽，回到校園，看看少年曾經輕狂的地方，也順便旅遊花東高屏和金門，彌補一下足跡該到而未到的缺憾。

台大的校慶是幾月幾號？記得的校友大概也不會太多。記得的話有時難免被太太奚落一番：「你連我的生日都記不得，你記台大的生日幹嘛？」所以沒有幾個校友有興趣去記得母校的生日。腦袋裡微小的生日記憶空間就留給太太小孩吧！年紀一大還要再加上孫子輩的生日，母校的生日早就該省下來了。但是在校慶當天回到人事全非的校園走走逛逛，總是令人振奮的，因為每一個人都有著太多太多的回憶藏在裡頭。

以這把年紀走入校園，驚艷不會多，唏噓倒不少。其中最令人心碎的莫過於某些女生宿舍不見了，那是有些校友重要的人生地標。想起了與杜鵑相映紅的芳容倩影，眼前的杜鵑依舊，只是不知伊人何處去？也好，數十年前伊人留下的青春笑靨得到了永恒。反而身旁這位誓言共赴天長地久的血肉之軀，不信青春喚不回，努力加把保養面霜。仍然，一年換一個每況愈下的永恒，讓我記得清楚的容貌竟然只剩今晨起床時伊人睡眼惺忪的模樣。至於她雙十年華的那一個俏麗倩影，不知藏在腦海裡的哪個角落，一時也找不到，幸虧有畢業紀念冊裡的黑白大頭照為證。

人人一頂怪異的方帽直扣頭上，留下的是嚴肅刻板的玉照。要這麼奇裝異服才算畢業嚒？越想越荒謬。哈！我知道了。黑帽黑袍上下一遮，誰也別想俏髮型花襯衫爭奇鬥艷。也幸好有這本厚重的青春紀念冊，為眾學子留下了唸了書後的靈氣和進染缸前的稚氣。遇到有校友作奸犯科，報紙就先給你看他這張初出茅廬的傻像，讓他和現在的油裡油氣，腦滿腸肥比對一下，這染缸多厲害啊！校友選總統的人特多，只要宣佈競選，這張純樸的玉照就上報。讓你看看他在過去的歲月裡，守住了幾分天真無邪，添加了幾分狡猾世故。

校園其他角落，傅園，總圖，醉月湖也不知堆積了多少人的舊情綿綿。俱往矣！這個泡妞把馬子的選修課我避開了，沒留下一絲可以或不可以回味的往事。也很好，讓我沒有牽掛一身輕巧地離開校園。卻在幾年後牽回了一個學妹，回到位於我倆系館之間的醉月湖畔。那是一個炙熱無風，任蚊飽叮的夜晚，已不記得談啥說啥，肯定是在講女生愛聽的胡說八道，就算是遲來的校園戀情吧。真沒料到當年的伊人咫尺天涯，就在湖的那一邊，天天進出校園必定經過的化學系。一個未曾喜歡過的煉丹術，變成不得不喜歡的科系，因為我老擔心醉月湖會被他們的化學品汙染，危及湖裡魚蝦蝌蚪的生存。不像我們數學系，白紙一張筆一枝，乾乾淨淨地無中生有，一步一步地翻天覆地起來。最後，再怎麼偉大的數學發現，終究還是白紙裡的一堆黑字，清清白白地展現宇宙裡的一個道理。不過我還是誠心地感謝這個好像受了委屈的娘系，將他們的第一名畢業生留給了夫系殿後的末段生。一眨眼三十年過去，駑鈍的末段生才頓悟到優等生的獨具慧眼。現在已算不清到底哪一系是贏家，就政治一點地說是雙贏吧。

回到系館，斑斑淚痕猶在，肅殺之氣仍在腦海中揮之不去。想起考到深夜兩點的期末考，和與畢業典禮同時進行的大四期末考，都曾經在這裡默默地進行過。可憐的一零一教室不知承載了多少辛酸血淚，埋葬了多少雄心壯志。曾經僥倖死裡逃生，我在教室外打個寒顫，也不想逗留就走了。

前者，一大夥人考完期末考，逆著寒風，身冷心更冷地走出校門，對街的小吃店早已打烊，公車沒了，一向鬧哄哄的羅斯福路也沉睡了。此時已是農曆除夕的清晨，是該在家等著過年的時候。考試的分數有三種，午夜前沒考過就回家者得三十分。教授在午夜後重新出題，再給一次機會，考過的得六十分，沒過的得四十九分，也就是學期成績。這種分數在大一時就見識過了，再看它也滴不出一顆無助的眼淚。

後者是發生在大我三屆的那一班，當畢業典禮熱熱鬧鬧地在體育館進行時，多數的大四學長仍在一零一教室內為必修的微分幾何做最後的一搏。一疊待領的典禮出席名牌擺在系館門口，考完交了卷才拿著自己的名牌，掛在胸前，參加已經結束了的畢業典禮，可不可以畢業？還不知道。午後這些沒人認領的名牌就在門口隨風飄零，散落一地。大學要唸到這麼悲慘的境地，真讓人心寒不已。印象中台灣的大學生家長只有在畢業典禮時才進那麼一次校門，這可真讓父母為難了。大學在美國叫做由你玩四年？[1]多可愛的夢囈喲！

我們這屆四年的激烈鏖戰才精彩呢。當年的末段生，小弟我，水裡來，火裡去，修修補補，混來一紙水藍火紅的成績單，畢了業。打斷胳膊，反倒勇猛。如今仍是一尾活龍，暢遊四海，笑傲人間。

隨意漫步走過一些不知名的大樓，覺得這個校園真像我的身材，數十年來建築物與日俱增。由當年的仙風道骨，日積月累了一身肥肉，而顯得臃腫。校慶當晚並有席

1. University 被人音譯戲稱，由你玩四年。

開八十桌的晚宴，在一個新式的體育館內舉行。貴賓講完了，與人齊高的多層生日蛋糕也被校長切了，仍有些空檔，主持人徵求歌手上台高歌娛賓。紐約來的校友當仁不讓，由張學長率先唱了兩首英文歌，接著由我狗尾續貂一首西班牙語歌。臨時上陣，嗓門未開，沒有伴奏也是個挑戰。張學長唱完時的耳語是「台大以前是不是有音樂系？」等到我鞠躬下台時，聽到的耳語卻是「台大不會有音樂系吧？是該有一個音樂系了。」

翌晨我們一行人搭火車到花蓮，換上大巴士開始從花蓮到高雄的旅程。遊覽過太魯閣、燕子口之後，便沿著花東海岸公路南下，第三天抵達墾丁。沿途停了些景點，讓我們多少看到台灣東南海岸小而美的一面，也參觀了規模宏大的墾丁海洋水族館。後來在高雄澄清湖畔又參觀了一個由老蔣的地下指揮所改建的水族館。它麻雀雖小，卻是五臟俱全。收集一些稀奇古怪的海底生物，讓我們開了眼界。

最後三天兩夜的金門之行是個時空錯亂的另類旅遊。首先參觀的莒光樓，就是小時候印在郵票上那個淡而無味的莒光樓。想起到金門服役的第一夜，就在樓旁的炮兵單位過的。第二天一大早就帶兵登斯樓也，灑掃庭院去。這裡也是我第一次親眼看到大陸的地方。還差一點當上該樓的導遊官，為國內外來訪人士解說的一個閒差事。當然，在講特權的年代，沒有特權就少做白日夢吧。這就是勢單力薄的小老百姓抱怨，這個社會沒有公理正義的地方。特權常常像鳳爪滷味一樣，味道有時還真不錯。吃不到的話，也沒關係，唸一下「餓其體膚，勞其筋骨，空乏其身。」，等著天將降大任於斯人吧。

隨後搭小船到小金門，透過望遠鏡看對岸，看到廈門一棟棟巨人似的高樓大廈，排列在海邊，好像很早就跟我們的炮兵講好不打仗了，真是今非昔比。也是昨是今非，當年重兵佈陣，全島軍人遍地，如今稀少的軍人像是破壞氣氛的不速之客，自己羞澀地藏起來，街上難得一見。更是昨非今是，當年偶而要帶兵夜行軍，巡邏海岸。夜深了，兩岸之間風平浪靜的海面上，映著粼粼月光，這原本該是一個多麼羅曼蒂克的夜晚啊！可是黑夜裡暗藏危機，對岸水鬼摸過來的軼事不斷地流傳著，為此每天不知用了多少不眠的衛兵來換取多數人的甜夢。如今該羅曼蒂克的還給了羅曼蒂克。下榻的西式旅館設備完善，閣樓上的餐廳甚至可以遠眺廈門港的夜景。不過老兵我依然不眠，坐在旅館的櫃台上守夜，讓夜間經理休息去。這回守的是網際網路，通向紐約華爾街，打我自己一輩子打不完的股仗。

天亮後我們也健行上太武山，山上的一方岩壁被大人物揮灑了「毋忘在莒」四大紅字，我們也就地用相機為大家毋忘在莒一下。清風徐來，校友相伴，登個小山，其樂也融融。

也不例外，遊覽巴士會開到一些商店，讓我們買些金門特產。第一站是貢糖店，各種口味先試吃再購買，先訂貨付錢，再到機場取貨。由於不用提著貨，要送給親朋好友的貢糖也就一次買足了。真沒想到接著還有高粱酒、瓷器、菜刀、調味醬、麵線等九家商店。把行李箱給塞滿了。殿後的麵線店，只好說抱歉了，我們只能吃而不買。一直到了機場看到滿地待領的大盒小盒，才知道校友強勁的購買力，並各自煩惱兩隻手要如何帶走這麼多的特產。特產者，乃是腦袋特別不理性時的產物也。

絕大多數的特產，是吃的或用的均一目瞭然。唯獨那個保健品，盒子裡不知裝什麼藥，由一位年輕的經理，也是台大校友，出面講解藥效。沒料到本團有不少生化專家學者，要他清楚地講個藥理，讓他萬分為難。真倒楣，一大清早就碰上一羣難纏的學長。可見只要不馬上吃壞人的化學品，都有辦法靠吹噓賣到錢。當藥來賣攸關健康，更可以要到高價。這回有專家學者把關，束手節制省下亂花的錢。這麼一個人口不多的金門島，卻有那麼多的特產。觀光客不多，卻養得起那麼多家特產店，也是台灣奇蹟吧。這些商店銷售手腕，堪稱世界一流，讓我們錢花得很高興。至於是哪來的特產，又何妨呢？

其中菜刀店沒得吃喝，卻有鐵塊變菜刀的表演可看。一堆堆準備製造菜刀的炮彈殼就在旁邊。想當年這些每隔一天就免費送來的鋼材，附帶的爆炸聲的確嚇壞了不少剛上前線的菜鳥。小兵可以被嚇到躲在撞球桌子下。菜鳥預官卻還得球照撞、牌照打，裝出一副談笑自若，雲淡風輕的酷相。製刀師傅將一塊鐵餅交互著火煉鎚打，水淬石磨。不一會兒一把鋒利的菜刀就在眼前。我們同行的李教授學富五車，見識廣闊。一眼就看上一把刀面上有數道波浪紋路，依大馬士革鑄劍古法製造出來的菜刀。卻拿不定主意買下。那一夜我們的李教授為了這麼一把銳不可當的好刀失眠了。翌日趁巴士路過刀店，李教授獨自一人下車去完成這個心願。在大家起立鼓掌的歡呼聲中，李教授提著寶刀上車的同時，臉上綻出一個非常燦爛的笑容。透過淚光，我看到了一個充滿著感激、滿足和謙遜的李教授。同時，我想他一定是下定了決心要為他的夫人，也是我們校友會的張會長做出更精緻的菜餚。

松山機場是我們旅程的終點。對常跟著賴領隊旅行的校友而言，每個終點都不是句點，只是一個逗點。因此，終點的離別一點也不感傷，大家都知道我們不久就會再相見。

我老愛找人講話，對於那些不愛開口的人，
總讓我想起蛤蜊湯裡沒煮開的蛤蜊……

8 機遇

搭飛機遇到的事叫做機遇。平常搭飛機，坐的是經濟大統艙。由老天爺指派一兩個人緊坐在側，陪我度過幾小時的天上人間。狹小的座椅空間，讓人坐著看書看不久，臥著睡覺睡不好，可是自己總得找點事做。有時看看窗外的浮雲，有時看看在州際公路上爬行的小小大卡車，有時鳥瞰一下地面上華燈初上的小鎮。也有時仔細端詳左右鄰座臉側的線條，想想線條與美醜的關係，是個美女就多看她幾眼。再不然探個頭看看走道上有沒有空姐在送飲料，至少讓枯燥的生命多了一點點期待。手機是不准用的，斷了與地上人間的聯絡，能對話的人就剩下身旁這位萍水相逢的先生或女士了。

打從登機就坐，和他或她的第一眼接觸，第一聲問候，就略知遇到的是一座閉口菩薩還是開口彌勒。我老愛找人講話，對於那些不愛開口的人，總讓我想起蛤蜊湯裡沒煮開的蛤蜊。叫菩薩開口正如要撬開不開口的蛤蜊，是一個不怎麼有趣的挑戰。通常的結果是我也成了閉口菩薩。講話聊天有這麼重要嗎？見人見智。愛講話的人會說，和陌生人談天說地是書本上看不到的知識交流。的確，多數人的經歷都讓我覺得有意想不到的有趣和好奇。老天硬找一個有緣人來談談他的故事，或聽聽我的自白。因為下機以後，連名字都不必知道就各奔東西，沒有隱私的問題，所以盡可開懷暢談。假如真沒機會目光交會，打個招呼，那麼在空服人員收拾空杯子時，鄰座和你的互動也是一個對話的切入點。真不行的話，翻翻雜誌看看廣告，做數獨或填字遊戲，打發時間。偶爾，一個平淡無奇的飛行旅程也會出軌，出人意料之外，讓人畢生難忘。

說起座位不舒服，現在很難得聽到這樣的抱怨，因為沒有一個位子是舒服的，而你花的錢只夠買這麼小的空間。我們要的是安全地抵達目的地，便宜的位子就可以了。何況當飛機碰上亂流的時候，頭等艙和經濟艙的位子就沒什麼差別了，生命一樣沒保障。年輕時有一次從西雅圖（Seattle）飛往德州達拉斯（Dallas）的班機，在科羅拉多州和新墨西哥州的邊界上空遇上可怕的亂流，一下子如坐升空火箭，一下子如跳自由落體。機翼左傾右斜，上下搖擺，逼得乘客驚慌尖叫。當右傾時，我還看到底下高山上的白雪就在窗外不遠處。我的天啊，實在經不起再來一個重摔了。我右邊靠窗坐的是位年長的女士，左邊坐的是位年輕的小姐。在危險的時候，女士只是左手抓住我的右臂，低頭閉眼，小姐則雙手抱著我的左臂，頭埋過來哭泣著。我一想起帶著兩個女人共赴黃泉，作鬼也風流的名言就閃進來。坐頭等艙可就沒這份福氣了。處在風雨飄搖的機艙裡，心想她們是來尋求安全的，我怎能先害怕呢？短暫的齊人之福多少為我壯了膽，微微露出泰山崩於前而不懼的氣概。同時也希望不要有人嚇出心臟病發作，嚇死一定比摔死更難過。等飛機一平穩，我對小姐說，坐過那麼多次飛機，我遲早該碰上一次這種大亂流。她伸手摀上烏鴉嘴的同時，送給我一個大白眼，好像在說，要死你自己去吧。下飛機時，駕駛員在機艙門口得意地笑著祝旅途愉快，好像剛剛完成一段可以寫入史書的豐功偉業似的。我該感謝他的救命大恩嗎？還是讚美他的技藝高超呢？我真想做的是，揍他一拳，讓他知道這樣的飛行太草菅人命了。我知道，他當然也知道，這是有名的亂流區。

亂流飛航是到阿拉斯加狗橇之旅結束後的回程。去程也是在西雅圖停一下續飛，竟然發生了烏龍事。中午停機的空檔，我在登機門不遠處打公用電話給四天沒聯絡的太太。大概是大談在黃石公園騎雪地摩托的趣事，再加上卿卿我我，短話長說，才掛上電話。猛然發現登機處空無一人，飛機跑了，還載走我的行李。我知道當天只剩一班飛往阿拉斯加的飛機，是在傍晚從猶他的鹽湖城（Salt Lake City）起飛。巧的是隔壁的登機門正是準備飛往鹽湖城的班機。熱心的地勤人員先擋下飛機，帶我出去換票，再進來搭機。逆著往阿拉斯加的方向，飛向鹽湖城。當晚午夜趕到阿拉斯加的費爾班克斯（Fairbanks），在華氏零下十五度的氣溫下，衣物單薄地住進旅館，也就能趕上翌晨起飛進入北極圈的小飛機。換機票沒罰款還加送我實飛的哩程數，旅客能自由進出走到登機門，還有地勤人員熱心的服務態度都已是天寶遺事。太平盛世漸漸遠去，人類文明不進反退，讓人感慨萬千。

說來慚愧，搭飛機出問題都是在我獨自旅行的時候。要是太太同行的話，早上七點鐘的飛機，她兩點就起床，我還沒睡呢。三點就被趕上車離家出發，四點到了機場，我也被叫醒來，四點半就坐在登機門口了。我們經常是第一名來到的乘客。不必吩咐，急驚風自己會去買熱茶，讓慢郎中享用。再把帶來的熱三明治，水果擺開，也是不錯的早餐。台灣有句諺語「小粒陀螺較會轉」，家裡有她這顆小粒陀螺，大家都說我命好。嗯—，是嗎？真的是別人家的陀螺較會轉嗎？陀螺會轉要靠平常的照顧維護。我家的陀螺特好，只要我心存感恩，陀螺自然轉得飛快。

慢郎中老是要追飛機。有一回從佛羅里達飛回費城（Philadelphia），最後一分鐘趕到機艙門口，空服員指著門邊的位子，說是最後僅存的一個給我。隨即關上門，飛機開始滑動。我左腳頂著機門，無法伸直也只好將就了。不料到了費城上空時，駕駛員宣佈飛機起落架可能有問題，準備迫降。每個乘客都要將頭部低下，向兩個膝蓋中間靠攏。兩手握緊扣在頭上。第一次嚐試降落，在著地之前突然拉起升空，是讓地面人員目測起落架是否就位。第二次著陸就要玩真的了。坐在對面的空服員表情沉重地對我說，萬一他到時無法打開機門讓大家逃生時，我得執行這個任務。哇！天將降大任於斯人也。生死關頭，立下遺囑，授予重任。我像是接到聖旨準備繼承王位，心情一下子偉大起來。自封的官銜是主機門逃生指揮官第一順位繼承人。到時哪一個人不聽話，就讓他慢點下飛機。越想越得意，越得意越想，心情輕鬆起來。不，要空服員陣亡才有這個官位，一定很慘烈。誰先出去呢？老弱婦孺？頭等艙？不，隔壁這個壯漢可能是個美式足球隊員，或許不會聽話，早就把我撞下機去了。我最後一個上飛機，就是第一個下機，把官位丟了，真窩囊……。到時候就知道他是怕死急著逃生呢？還是想謀取我的官位？

這時機場淨空，地面上所有的飛機都躲得遠遠的，多輛救火車在跑道邊待命。飛機對著跑道慢慢滑落，著陸的剎那沒有什麼異樣，大家都鬆了一口氣。隨侍在側的救火車緊追著飛機直到登機門口。打開機門，我自然是第一位下飛機的乘客。原來記者早已聞風而至，在候機室等著。能夠走出機門也就不成新聞了。他們可不知道我差一點就是一個救人英雄。比起亂流的恐怖折磨，這不算難熬。

飛機門口的位子真不好坐，這回輪到後門。記不得是哪一個機型的飛機，我靠窗單人座的左邊是飛機的後門。這個門不是給乘客上下用的，而是給汽水可樂，給杯盤廚餘用的。飛機起飛後，一種尖銳的噪音持續不斷地從門縫傳過來，魔音穿耳，非常難受。客滿的飛機讓我別無選擇，只能守在又冷又吵的角落，直到下機為止。附近有人無奈地請駕駛機師想點辦法解決，他說是門沒關好。反問我們是不是要重新開門再關上，在萬呎的高空上？我只好默默地將自己的安全帶再勒緊一點。

機遇也不是全然不悅的。難得坐在頭等艙的第一排飛往舊金山，除了精美的餐飲之外，連眼睛也吃了冰淇淋。頭等艙的洗手間是在前面，與駕駛艙相鄰。離下機還有半小時的時候，我上前轉開洗手間的門把，你說我看到了什麼？我花了八分之一秒的時間確定我看到了什麼，並決定再花了二分之一秒的時間去完成我的欣賞，一位空姐站挺的背影。腰部以上是聯合航空（United Airlines）的制服，腰部以下直到高跟鞋為止則是空無一物的人體。她有著既美麗又結實的下半段身材，是在把門關上之前，就能下的結論。最後我以我的年紀所允許的遲緩動作，說聲對不起，並徐徐地把門推上。食色性也，我多掙到八分之一秒的觀光時間。這是一生中最美妙的一秒鐘！回到座位，讓我納悶的是聯合航空空姐的制服到底是裙子還是褲子？關鍵的一秒鐘是想不到也無暇去探索這個問題。不多久空姐出來了，走到我身邊，輕聲地跟我道歉，說忘了將門上鎖。天下哪有比這更美妙的事？我知道道歉是門開一秒鐘的天堂禮遇，耳光或許是門開三秒鐘的地獄下場。有時頭等艙的享受真的離天堂不太遠，也只有溫良恭讓的人才能順利地得到禮遇。地獄與天堂不過數秒之差，端看平日的修行。

機遇其實是天時地利，或天不時地不利，無關修行。從阿根廷回來的班機上，右鄰靠走道的座位坐的是衣著隨便的捲髮年輕人。雖然邋遢，卻不掩他的帥氣。好像幾天沒睡覺似的，飛機起飛不久就用毯子裹著身子，夢周公去了。好久好久以後，或許是太熱了，順手將毯子一掀。哇，男人的小鳥竟然飛出牛仔褲褲襠之外。感謝主，是隻沉睡中無精打采的小鳥！這拉丁帥哥也太熱情過火了吧？呼呼大睡的是他，尷尬不已的是我。真想找個東西幫他遮羞，否則過路的空服人員或旅客難免會看到。看到又怎樣？我想著。觀光客的神情一定很有趣。我呢？聳一下肩，攤開雙手，苦笑一下嗎？或者乾脆轉身假寐？為了一隻小鳥，把自己變成大鴕鳥，這鳥事實在荒謬。也真是個十分棘手的問題，煞費思量。正一籌莫展時，或許是感到涼意，帥哥一轉身，小鳥又飛入毯子裡。接著是我勤勞地祈禱，像台北的垃圾車播放「少女的祈禱」的音樂一樣，一遍又一遍，希望令人尷尬的事不要再發生。皇天不負苦心人，帥哥在我的祈禱聲中，從毯子裡醒過來，化解了一場文化危機。

其實解除危機是有妙方的，只是想不到要和半個世紀前的一個遊藝會聯想起來。小時候，教會辦的幼稚園在每年的聖誕夜都有一場小朋友表演的遊藝會。那一年有個小話劇節目是太陽公公和冬風叔叔比賽，看誰比較厲害，能夠讓一位穿風衣的路人把大衣脫下或吹下。結果我扮演的冬風叔叔當然輸了。這回要叫帥哥蓋上毯子，冬風叔叔竟然不知道要把它贏回來。將頭上方那兩個小太陽關掉，打開冷氣口，對著目標，雙管齊下，不就成了。真妙，這個人生，半個世紀前風趣的上帝為我播種，現在才考驗我有沒有智慧去收成。也讓我回憶起那個聖誕夜上舞台前，被左鄰右舍的阿姨抓去塗粉畫眉上胭脂。幾個一輩子沒上過舞台的阿姨意見紛紛，在我的臉上越抹越花，羞死了。這是一生僅有的一次不男不女不輸鬼的裝扮，在腦海裡沉寂了五十年。如今乍然回憶起這段有趣的往事，真是一個機遇中的機遇。

睡態也有千百種。從紐約飛往台北的班機起飛的時間正好是上床睡覺的時候。機上是先進晚餐，才熄燈。這回旁邊坐的是位高效率的女士。晚餐我吃不到一半，她就把所有的食物飲料統統倒進了五臟廟，寸草不留。將杯盤往地上一擺，拉上毯子，戴上眼罩，睡了。我這隻不眠的暗光鳥，還在細嚼慢嚥，享受晚餐。不多久女士開始打鼾了。多累沒法說(DoReMiFaSo)，說話沒你多（SoFaMiReDo），像唱歌一樣，時而女高音，時而女低音，一下子乘風破浪，一下子老車拋錨。只是音量過大，吵了鄰居。我還好，像久居鮑魚之肆一般，習慣就好。中途夜深，空姐端出泡麵給不眠的乘客享用。當我拿到一碗的時候，戴著眼罩的女士動也不動，卻清楚地冒出一句：「我也要。」嚇了我一跳，多厲害的女人，一碗泡麵也逃不過她靈敏的嗅覺。同樣地，一碗麵很快地被她倒進肚子裡去。不是喜歡和陌生人講

在中國東海漆黑的海面上，數千艘漁船均勻地鋪陳其上，一個燈火一艘船，但見燈火不見船，一片壯觀的燈海，與天上的星海相應爭輝。

話嗎？不，請饒了我吧，這次不算。

夜間的飛行窗外一片漆黑，看什麼呢？有一次大概在蒙他拿的上空，半夜看到低空，東一閃西一閃的雷電，大概是正在下大雷雨吧。因為是第一次從空中看閃電，感覺特別新鮮。在中國東海漆黑的海面上，數千艘漁船均勻地鋪陳其上，一個燈火一艘船，但見燈火不見船，一片壯觀的燈海，與天上的星海相應爭輝。聽說是要集體到釣魚台列島出遊，宣揚國威。夜遊燈火通明的仗陣，唯恐天下不知。我這隻南飛返鄉的孤鴻過客，有幸躬逢其盛。在窗口邊鳥瞰好久，飛機還是飛不過這片亮點遍佈的海域。今晨二〇一二年十月的東海是個不安的水域，看到奇景。一九九六年三月的東海也是不平靜的，我在桃園機場不知理由地多等上兩小時，為的是讓一顆飛彈証明一下自己的飛行能力。同樣的耀武揚威，對象不同，下藥不同。

另外，印象中有幾次七月四日美國國慶的夜晚是在飛機上度過的，各地不分大小城鎮都在放煙火，小小火花一張一合，此起彼落。像海裡小水母張合的運動。因距離的疏遠，缺少地面仰望煙火那份壯觀的絢麗。今年中秋夜在返鄉的班機上，隔窗賞月。感覺應該和奔月的嫦娥一樣，一輪明月就在窗外天邊，不太遠。逢此良辰美景，詩意油然而生，寫下

中秋乘夜機，明月映鐵翼，我欲會嫦娥，猶差十萬里。

現代人想飛天已不用吃靈藥了，買張機票就成。這還是到不了廣寒宮球際機場，就讓同行坐在身旁的牽手權充一下嫦娥吧，這樣我不就可以跟嫦娥偷香了嗎？

機艙天堂一線間，手伸窗外探嬋娟，
誰笑機票似靈藥，嫦娥睡臥我身邊。

皎潔的月色之外，窗外彩霞最美的時辰應是日出日落。大自然付予的藍色，和粉紅橘紅色在遠方的地平線上變化著。我常常想著空服人員，尤其是駕駛員，天天都能接觸到地球上各種穹蒼之美，所看到的是大於

一百八十度的實景，因此對美的感受一定會要求得比一般人高。許多次返鄉經過日本時，航道偏東看到的是晨曦中的富士山，航道偏西看到的是富士山寂靜的火山口，或是雲海日出。在阿拉斯加，從白令海峽邊的諾姆(Nome)飛回安克拉治，日落時分看到的麥金利(Mt. McKinley)頂峰是個金碧輝煌的金字塔，浮在雲彩之上，與飛機齊高。大自然有著數不完的美景，我們難得坐一次飛機，只有在天時地利人和都具備的條件下，才能碰上日出的富士山或日落的麥金利頂峰。但是駕駛員有太多的機會去賞識天上人間的美景。從東部飛往拉斯維加斯的班機，經常要飛過大峽谷(Grand Canyon)的上空，熱心的駕駛員會提醒乘客，甚至傾斜一下機身，讓更多人能分享到這個奇特的風景。至於地面上的風景，從空中鳥瞰，三度的立體變成二度的平面。不論多麼雄偉的羣山峻彥都被看扁了。飛機飛得越高看得越扁平。在錫安國家公園(Zion National Park)我們仰望著

飛往東岸的飛機在賭城起飛後，通常會飛過胡佛水壩。

雄偉的岩壁，而駕駛員俯視到的卻是地球表皮上的一塊創疤硬繭，一個不到一分鐘的飛行就從眼際消失的褐岩台地。在大峽谷我們看到科羅拉多河切開高原上多層的地質結構，露出顏色不同的岩石風化景觀；他們看到的是地球表皮無法縫合的刀劍傷痕。至於黃石公園，只不過是地球長期治不好的皮膚炎，還在長膿潰爛呢。大型的國家公園尚且如此，一輛巴士已是肉眼所及最小的「動物」，眨一下眼就被四捨五入不知哪裡去了。

未曾鳥瞰過大峽谷嗎？教你一個秀才不出門能看大峽谷的辦法。就在今夜，準備好小手電筒和高倍的放大鏡，趁枕邊人酣睡之際，去找他或她臉上最深的皺紋看。這就是飛機上看到的大峽谷。昨夜在太太的臉上沒找到像樣的大峽谷，她很幸運。不是擦的面霜牌子好，只是時候未到。那哪裡還有大峽谷呢？就在我的掌心裡。很簡單，打開手掌，不必全開，放上六十倍的放大鏡，我掌中的感情線就是一條深邃漫長的大峽谷。莫非情深善感的個性也是命中早已註定的機緣，刻於掌中，終身不渝。

這些化石的年齡都是天文數字了。多數是萬萬歲，一億年以上。

9 血拼萬萬歲

血拼（Shopping），購物是也。花錢購物，據為己有，乃是人類物慾天性。經過一番精挑細選，找到心中最愛，進而賞心悅目，乃至掏錢輸誠。如此顧客商家兩相情願，銀貨兩訖，可謂皆大歡喜。一般而言，女人愛血拼，我家的女人也不例外。男人通常相反，不愛血拼，可我這個男人偏偏是個例外，愛逛街也愛看櫥窗，而且逛到太太告饒為止。可是逛歸逛，看歸看，拼而不失血，出手不輕易。一旦看上眼，那就不一定是櫥窗放得下的小東西，半壁江山美景也買了。

我以為當女人出門血拼，男人有空就該隨侍在側，幫著提攜拉推。百貨公司裡，女士試衣室外附近，通常都設有座椅讓男士歇腳，設想週到的商家還會提供電視螢屏，犒賞好男人。咱家的查某人血拚所及各大百貨公司的男人寶座在那裡，我都瞭如指掌。一二十年前，男人比椅子多，一旦被捷足先登，只有望椅興嘆的份兒。現在世風日下，電腦網路是好男人的新歡二奶，與其和大奶逛得頭昏眼花，不如在家和二奶一起雲遊四海。

只如今，經常是找到寶座，還得順手虛幌拍一下灰塵方才就坐。太太隨手遞來一本數獨，就如鎮靜劑似的，讓我靜靜地在數字中不知不覺地闔上雙眼，神遊太虛去了！不多久一陣微風自身邊帶過，人自淺寐中乍醒，太座已是新裝在身，等待羅馬競技場上皇帝的指示。還在初醒的惺忪之中，不必開口，我輕舉右手，姆指朝下一比。

換一件吧！我的好太太，這一件實在欠缺品味。當然，這種話不該出自一個有教養的男人口中，說人沒品味本身就是有失人品的事，何況這是極度主觀的判斷。可是，這個節骨眼要是姆指不往下點個清楚，你就得花錢和這件洋裝長相左右，同進共出，沆瀣一氣。雖然衣服是太太穿的，但是看的人總是我，因此膽敢要了一點評審權。太太也都欣然接受建議，知道這個先生絕不是個搗蛋分子兼小氣鬼。這點清譽和信任是掙來的，遇到太太真喜歡的衣飾，我絕對是牙根咬緊，二話不說，價錢不問，折扣不管，只有一句毫不含糊的「喜歡就買」。

有一回太太獨自血拼，大包小包興緻沖沖地捧回來。我發現怎麼都是些似曾相識的衣衫，原來和太太平常所著皆大同小異，幾天前還送出幾大袋，捐給退伍軍人協會。這是人的隋性所致，倘若不稍加思考反省，買來買去盡會是差不多的東西。買進的和送出的一樣，那何必還買，太太聽了不悅地說，「衣服縮水了。」她是相對論專家，愛因斯坦的服膺者。不說身材變大了。我心存善念，換個說法，「多少年來血拼也該有所進步，應該進一步買高級一點的貨色。」她聽得芳心大樂。放心啦，在下平時家教有方，家裡不會有非理性的名牌貨出現，真貨膺品都不會。揭櫫家門多年「血拼無上限」的政策仍然不變，「喜歡就買，歡喜就好」還是我的口頭禪。太太早就說我是假大方，她身材矯小，尺寸合身的衣飾原就不多，遑論看上眼的。這個事實我早在婚後不久便觀察出來，家裡寬鬆的血拼政策於焉誕生。我當然同情血拼跛腳鴨的處境，大方自然不需要是假的。但是這麼一說，真大方就落得嘴皮上的順水人情。

鴨子跛了腳更要努力，勤能補拙嘛！有一回遠征外州血拼，一進梅西百貨公司之後，我們夫妻血拼，各自努力。不想二十分鐘過後，店裡的擴音機居然叫喚我的名字，到了顧客服務處才知道，太太血拼過度，暈倒在地，已被店員用輪椅推出店外。我趕緊驅車過來接她。不料她壯志未酬，未達血拼目的誓不言歸，但總不好意思再回到梅西（Macy's），只好換一家百貨公司，完成未竟的任務。自此以後，每次去那一家梅西，老是有憑弔古戰場的感覺，那一扇推出輪椅的門是我們夫妻難忘的鵲橋，我們總是莞爾地走過它。自從媽媽生給我這一雙眼睛以來，這是頭一次親眼看到有人血拼到鞠躬倒地，這個人不是外人，正是在下的內人。

幸運的是除了穿戴的衣物，太太並無奢華的血拼行為。阿彌陀佛，[1]她視「第凡內」如天上浮雲，珠寶乃是生不帶來，死不帶去的身外之物。反正假鑽石戒指在她手上，人家說是真的。手上沒珠寶，人家說是藏在保險箱裡。我借力使力，提出「無鑽勝有鑽」的理論，只要有鑽就有機會碰到那麼一個令人掃興的女人，亮著一顆更大的鑽戒。無鑽自然不招來掃興的事，何況無鑽製造了一個無限的想像空間。如此不戰驅兵，避開女人之間讓男人英雄氣短的「比鑽戰爭」。珠寶從來不曾是血拼的對象。

男人愛血拼就不是只為了區區幾件衣物。依各人興趣的不同，血拼的時間地點和金額的大小也就比較有特定的對象。其中還會夾雜著投資賺錢的目的。古董是愛血拼的男人之中比較普遍的對象，按個人荷包大小口袋深淺，各有各的血拼去處。荷包大者找蘇世比（Sotheby's）、克里斯蒂（Christie's）大拍賣公司，從此以降，直到跳蚤市場。認識的朋友之中喜好各有千秋，有喜歡收集煙斗的，有專找老舊打字機和照像機者，還有一位收集電影海報的。這些朋友裡有世界各地趴趴跑的旅行血拼者，有因緣際會的隨緣血拼者，更有宅男宅女網路血拼者。還有一位喜歡到美加西部旅遊的，專門血拼各種化石。這位專門血拼「不知道是什麼死人骨頭」的人正是區區在下。

多年以前在猶他州的一個小村莊裡，偶入一家簡陋的化石店。一位老太太獨自看著店。她在當地擁有八十畝地，其中五十畝地據專家估計是藏有恐龍化石的。當年挖掘時，已經出土的是約有八尺長的尾巴。若說出土，恐招外行之譏。恐龍化石是保存

1. 第凡內（Tiffany）是美國著名高級珠寶店。

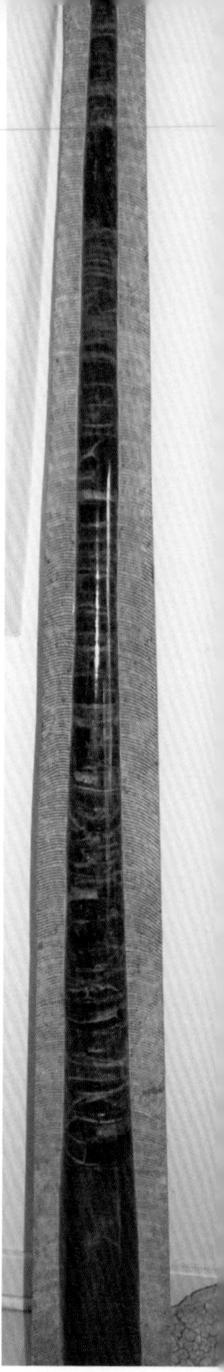

海洋生物化石，長208公分。烏賊魷魚的老祖宗，摩洛哥出土。

在石塊之中，而不是在土裡。是否能挖掘出整隻恐龍，有可能但不樂觀。即使有，也是一樁非常艱辛而且耗時的工作，何況是一對身體健康不堪稱佳的老夫婦。和老太太攀談了一陣之後，她才神秘地從辦公桌底層抽屜的後面，取出一塊半顆棒球大小的化石。它的表面有毛孔，可以合理地從鴕鳥皮，按照身高大小比例，聯想到恐龍皮。老太太說有一位古生物學家正是如此地猜測。這是稀有的寶貝了。恐龍死後皮肉能不腐化地保存下來，需要即時地化石化，這是極其難得的。最後向老太太買了些恐龍大骨頭的化石，交貨運寄回家去。數

長毛象的牙齒，加拿大育康出土。

年之後，才有歐洲考古學家宣佈，人類首次發現恐龍皮，只有大拇指般的大小。這讓我懷念起那位擁有龍穴的老太太，不知道她是否挖出了一隻完整的恐龍？

血拼之樂，樂無窮。每一方化石都由血拼購置而來的，沒有自己挖的。至於從那兒血拼來的經過以及出土的地方，正如同我的孩子生在那兒，如何生下來一樣，我都記得清清楚楚。跟新生娃娃最大不同的是，這些化石的年齡都是天文數字了。多數是萬萬歲，一億年以上。有些恐龍化石可能年輕些，牠們最終遭到毀滅是在六千五百萬年前隕石撞地球的時候。當多數買得起的各種被發掘出來的動植物化石，都收集到位，血拼所需要的動力從而消失，血拼萬萬歲化石的行動也就跟著減緩了。

在洛磯山脈以西闖蕩多年，四處血拼，有一知名小鎮在此不得不提，那就是亞歷桑那州的色多娜（Sedona）。紅色巨石岩壁環繞著小鎮的四周，其間綠樹參雜，加上氣候宜人，是一個觀光旅遊勝

義大利出土的螃蟹化石和巴西出土的魚化石。

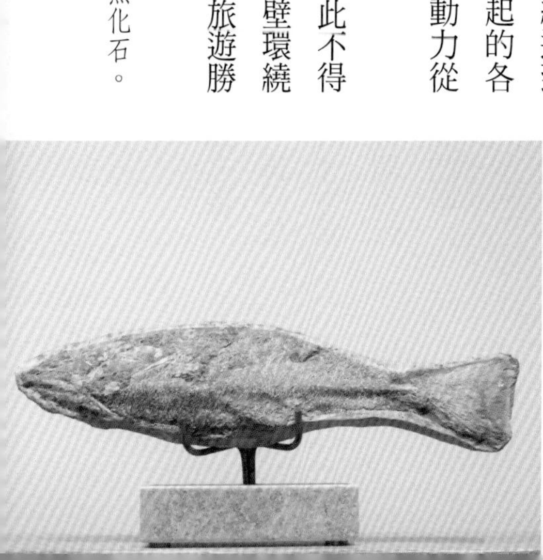

魚化石，懷俄明州出土。

地。小鎮裡各種小店特多，畫廊藝品店尤甚，每每逛遍之後，總覺意猶未盡，卻也只能依依不捨地，誓言後會有期。幾回舊地重遊，便開始樂不思蜀，就此駐足不走，終老一生的念想便起游絲而化響雷。於是在旅途中開始打聽房價，然而這個人人想佔有一席之地的所在，房市自是高不可攀，待再度來訪時，更是百尺竿頭又再上幾尺，倍加渺不可及了。

其實亞歷桑那和猶他兩州有不少峻秀的紅岩峽谷，很多年前有一回到了錫安國家公園門外，站在一塊待售的高崗上，凝望著縈繞四方的壯麗紅岩，三百六十度一度不少的紅壁景觀。在此同時一位來自鹽湖城的猶他農民也來到這個小山頭，望著美景，讚嘆連連，「我現在手頭緊了些，買不起。但是我會回來的！」兩個酷愛石頭的陌生男人就在山丘上聊起來，互許多年後在這個小鎮上重逢。巧的是兩位太太連下車都懶，各自在自己的車內打瞌睡，好像說嫁給愛石頭的男人，最讓人睡得安心不過了。由血拼石頭、化石，進而四面的岩壁，太太和我都沒料到會血拼到這種地步。我們是在血拼名山大川了。平時太太也都以「喜歡就買」輕快地回報我的血拼。這回的「喜歡就買」可是大大的不同，太太微弱的聲音訴說著她是大方不起來的了，好像血拼過頭，荷包要失血過度的樣子。從此洛磯山脈自南邊的大峽谷，向北直到加拿大的班芙（Banff）國家公園，遍布了尋找桃花源的血拼足跡。

有一回在科羅拉多河谷上的懸崖邊，有一棟紅瓦白屋待價而沽。屋主是大峽谷國家公園剛上任的主管，是從附近另一座較小的國家公園升遷，需要賣屋遷入公舍。約好房屋仲介前去看房子，我們全家就和在家的主管夫婦，像來訪的賓客一般，閒話家常。當然，來賓止步的主臥房我們是名正言順地參觀。就在一天前，我們還想像不到這趟峽谷之旅會包括參觀主管的住家，還大大方方地登堂入室呢。這回真是血拼到家了。握別了主人，按行程前往大峽谷。兩小時後到達公園入口，打開收到的公園小報，赫然看到屋主的照片登在主管致歡迎辭的版面上，讀起歡迎辭如見其人如聞其聲，倍感親切。

木刻的禮帽。木刻的海象成羣，阿拉斯加設計，在印尼用柚木雕成。

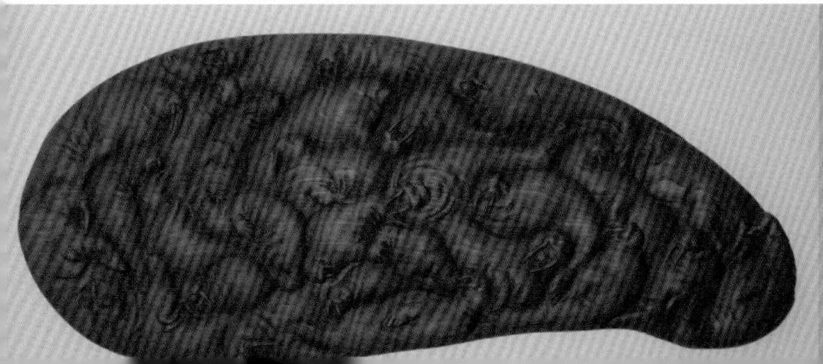

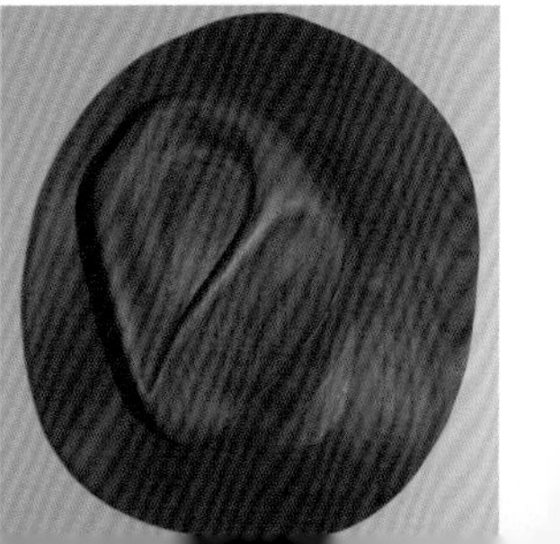

一對展翅飛翔的禿鷹，麋鹿角骨雕成。其中一隻張口，雕工甚美。

一般而言，觀光客兼血拼房屋買主多少有些即興玩票的味道。他們在美景當前，感動之餘，信誓旦旦，以身相許，只差一點就和房屋仲介簽下海誓山盟般的買賣契約書。可是一回到家，面對柴米油鹽，窩還是老的好。而認識不到三兩天的二房卻遠在千山萬水之外，一時的熱情很快地冷卻，只好空留遺恨了。看來血拼二房三房還真要有滿腔的熱情啊！

多年前到加拿大旅遊兼血拼，也看看異國時尚。逛至一家著名百貨公司的洋裝部，偶然聽到一位男子在附近用華語對他太太急吼，買買買，衣櫥裝不下了還買，一天到晚只會花錢。一看之下，不得了，夫婦都是港台紅星。一向公認的恩愛夫妻，血拼事關荷包大小，就難免齟齬兩句。血拼確實是錢多才好辦的事。在有限的荷包約束之下，有些太太就有本事千挑萬選，東折西扣，滿載而歸。尤其是如今網路購物發達，血拼變成彈指易事。網上商品的解說資料齊全，並提供顧客評語，贏得顧客購買的信心，以致血拼的形態不變。但是

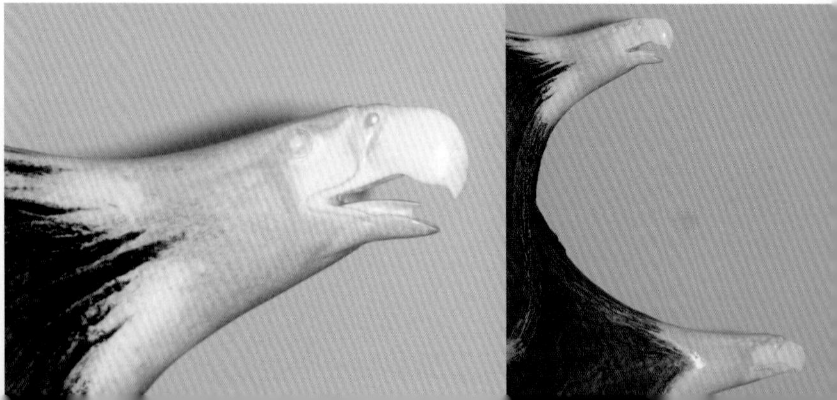

萬變不離其宗，巧婦難為無米之炊，口袋裡馬克馬克是一定要有的，這是你我心知肚明的事。但是量入為出適度的血拚是有其必要的。要是大家仿效顏回，簞食瓢飲，終日子曰子曰不血拼，那經濟如何會好。

最近去了一趟俄國的聖彼德堡，逛了當地頂尖的購物中心，設計裝潢的精美遠在美國一般的水準之上。雖然購買力薄弱，但希望這是驢子前方的紅蘿蔔，能讓俄國人漸漸地買得起。購買力超強也會令人煩惱。近年來太太經營的公司年年有盈餘的錢可花，合夥人一家大小都愛血拼。我們被迫血拼相對的金額。家裡物資已到應有盡有，不必有的也有的地步。害得八十高齡的老丈人還得學電腦，這是太太買給他的聖誕禮物。

年輕時，為孩子效法孟母三遷，落戶文風鼎盛的普林斯頓，一蹲二十來年。如今為太太血拚方便，逐漸地四遷費城西郊普魯士國王鎮（King of Prussia）的山丘上，眺望著一箭之遙全美數一數二的大購物中心。在這兒不論風雨，一大清早就開放，供人健行運動。太太說，健康第一，催我去走路。陪我到購物中心運動健身是路人皆知的用心。我將計就計，血拼誰怕誰，也一面走路，一面看櫥窗，摸蛤兼洗褲。這種寓健康於血拼的日子還真不錯，可以活到老，血拼到老。

上帝用雨水滋潤人間的愛情，
雨傘讓我們靠得更近，路滑讓我們牽得更緊……

10 旅遊四樂章

從二〇一〇年八月到二〇一一年五月紐約台大校友會驛馬星大動，在短短九個月內有四次旅遊。其中兩次是遊輪，一北一南，北行是從倫敦搭船繞北大西洋回紐約，南行到南極。另外兩趟是只去冰島一地和北歐俄國等七國之旅。冰島行可說是為了彌補北大西洋遊輪在冰島過門不入而計劃的，成員十六人來自原來遊輪的乘客。

（一）八月三十一日至九月十七日，北大西洋遊輪。

有些遊輪像候鳥，旅遊的地區是有季節性的。南北半球高緯度地區都只有在當地的夏天才有遊輪的活動。等天氣一涼，旅遊季節結束，遊輪自然要遷徙他處，在暖和的地方做生意。連遷移的這段旅程也可以載客賣錢。這種行程比較特殊，一艘船一年只有一次。北大西洋人口稀少的地區也就仰仗這種船隻的來訪，是愛好旅遊的人士省時省錢的好機會。

紐約地區的台大校友一行四十四人搭乘公主皇冠號遊輪(Princess Crown)從倫敦出發，在紐約下船回家。沿途預計停留愛爾蘭的都伯林(Dublin)，北愛爾蘭的貝爾法斯特(Belfast)，冰島(Iceland)，格陵蘭(Greenland)和加拿大的紐芬蘭(Newfoundland)。遺憾的是因氣候不好，沒去貝爾法斯特，遊輪直接從都伯林開往冰島首都雷克雅未克(Reykjavik)。又因風浪過大，不能靠岸。在港灣裡停留數小時後，黯然離開冰島水域。所幸往後兩站，順利停靠。這條航線有如此結果，並不太出人意料之外。

去倫敦，敦倫去？六〇年代香港的國泰航空公司在報紙上登廣告，橫寫「去倫敦」三個大字，右派的台灣當局主張橫寫中文從右唸起，我們這回旅行先在倫敦玩兩天再搭船，就變調成提早兩天敦倫去了。這是四五十年前讀者文摘刊出來的陳年笑話。抵達倫敦，大清早下飛機就乘坐遊覽大巴士，開始市區的觀光活動。看看西敏寺和國會之後，就到倫敦的中國城午餐，飯後到聖保羅教堂和附近的金融中心，便早早到旅館休息。翌日到白金漢宮的附近，看御林軍和樂隊前往衛兵交接出發時的仗陣，避開人山人海，也就省下皇宮前的衛兵交接的鏡頭。

下午少數人參觀大英博物館，多數人選擇到劍橋大學。台大校友多喜歡學術氣息濃厚的名校，自然心儀劍橋牛津。參觀劍橋國王學院後，來到劍河。所見的柳影，小橋，泛舟都是陳之蕃筆下，屬於優雅的一點一滴。就連河畔橋頭的石頭也充滿著詩意，刻著徐志摩的詩句「輕輕的我走了，正如我輕輕的來。」如此情境，教人如何不跟著詩情畫意起來？回倫敦，一路輕輕的快步趕上巴士。在火車上也是輕輕的我們都睡著了。

第三天參觀史前石柱群，在Salisbury午餐之後，隨即登船出發。在英倫本島的西南Falmouth停了一天。再到愛爾蘭的都柏林，首先到三一學院圖書館參觀Kells書卷，公元八百年留下的聖經手抄本，被視為愛爾蘭最珍貴的國寶。隨後參觀Guinness啤酒廠，來賓訪客大家心照不宣，都知道重點是在最後的免費喝啤酒。下一站北愛爾蘭氣候不佳，船在都柏林按兵不發等待著。天候一直沒改善，最後還是放棄北愛，直奔冰島。到了首都雷克雅維克的港口，眼見天際上的都市建築就在烏雲密布下不遠處。大地標路德教堂肉眼清晰可見。海浪反覆不停地拍打著船板，停與不停讓船長猶豫了，還請示在美國的總部。等了半天，採取保守，掉頭轉向格陵蘭。啊——你這個冰冷之島，我們千里迢迢來看你，在你的窗台下癡癡地等你風平浪靜，再心平氣和地開門納客，你卻讓我們苦嚐閉門羹。暮色蒼茫中傷心的乘客靠在船邊，目送漸漸遠去的冰島海岸線。

那天船上的晚餐也不差，和我同桌的賴領隊魂不守舍地把晚餐草草解決，就開始聊起沒去成的冰島。談到藍湖溫泉，讓我想起湖水藍得難以形容的美，非去不可，我說。他終於露出那一天難得一見的笑容，愉悅地冒出他的口頭禪：「這樣子啊！」那一刻我大致猜得到他在想什麼。沒料到不出幾個月，等不及天暖，就收到他的徵兵單，準備召集人馬，目標直指冰島，以彌平看到冰島沒上岸的遺憾。

在和煦的陽光下，大船靜靜地穿過浮冰散佈的格陵蘭水域，滑入人口三千三的小鎮Qaqortoq。大船像屠城的木馬，一下子就倒出兩千多個肥哥胖嫂，入侵小鎮。港口旁唯一的紀念品商店只能塞進二三十人，哪能應付荷包滿滿的整船遊客。像蝗蟲過境，只要有格陵蘭

冰島海鸚鳥 puffin特多。長相奇特可愛，讓很多人認為不該吃牠。

字眼的商品無不被一掃而光。我信步當車沿著山坡上行到達山頂，鳥瞰港灣。山坡上的住屋五顏六色，給寂寞的小鎮添點生氣與活力。兩天的航行後，抵達加拿大紐芬蘭省的聖約翰。當天的活動是搭小船出海賞鳥，看美麗鮮豔的海鸚（puffin）。可惜海鳥沒看到幾隻，卻暈了一船人。下得船來，一夥人就在港邊找一家愛爾蘭酒吧聽歌手演唱，吃個悠哉輕鬆的午餐，比起在都柏林百貨店裡吃的快餐，更具愛爾蘭本土風味，算是禮失而求諸野。

夜深人靜時，悄悄地大船在寒風中，穿過橫跨紐約港的維拉札諾橋下（Verrazano Bridge）。身為第一代的移民，我不禁地感動起來。遙想當年來自歐洲的移民就在這裡看到美國的第一眼，該會有什麼樣子的激動？眼神裡必是充滿著無限的憧憬和踏上新大陸的新希望。回首前塵，三十多年前我也有一個看到美國的第一眼，那是窗外一片蔚藍暑天，在舊金山上空的航班裡鳥瞰著跨過海灣的金門大橋。這紅色的雙塔吊橋我真熟悉，六歲時收集到的一張美國郵票，裡頭印的就是它。眼前的橋上大小形色各異的汽車，如流水般地順暢奔馳。生氣勃勃有如美利堅合眾國的動脈，強韌有力。儘管沒看到黃金王國的黃金遍地，金光閃閃，我還是滿心憧憬和希望。卒子過了河，有前瞻也有後顧，閃閃發亮的是眼角的淚光，一池飽含在眼眶裡的淚水，浮著年邁父母在松山機場送別時的身影，老散不去。

如今自由女神不眠地守著的紐約夜景就在眼前，船頭甲板上擠滿看都會夜景的人羣，隨著遊輪緩緩靠近碼頭，此刻東方接近破曉，正是曲終人散時。大清早下船搭巴士就到家，真好。以往回家都是搭飛機擠在小座位裡好幾個小時，回到家還覺得人是扁扁的。這是我第一次搭船回家的旅行，不但不扁扁，反而還鼓鼓的，是所謂的「吃撐了」，肚子裝滿的是離船前的最後早餐，無限量供應的。

（二）十二月十九日至一月十日，南極遊輪。

地球有兩極，一北一南。北冰洋，南極洲，一海一陸。

福克蘭島的碼頭甚小，靠大船的救生艇一一接駁，一次可載一百多人。

大船的雄姿，是我在接駁船上拍照的。

北極有破冰船可到，南極深入陸地，遊輪只能在大陸邊緣的海域巡航或進入狹窄的水道穿梭。有這個期待，也就準備有長達六天不靠岸的航行。

遊輪是在巴西的里約熱內盧停一夜，給旅客兩天的報到時間。我們第一天上船報到，就有時間來一個里約都市之旅。啟錨南行，輪船在烏拉圭稍事補給，也是乘客趁機下船補進一些瓊漿玉露的好時候。在福克蘭島停一天，上岸看企鵝，也逛街看看為數遠不如企鵝多的英國人。遊輪出了福克蘭，有股西出陽關無故人的況味，沿途大海茫茫，偶有島嶼陸地也是冰山死寂，毫無人煙。船上照樣歌舞昇平，酒池肉林，儼然是灰濛濛的世界裡一顆流動的明珠。一路南行接近南極洲，在亮麗的陽光下，海面上開始漂浮著或大或小的冰山和冰塊，十分振奮人心。幾乎把所有的旅客都引到甲板上來，擠滿了所有的船邊。冷冽的冰風又把衣著單薄的人吹回房間去添加衣物。幾天的沉悶後，各種大小照像機和長短鏡頭蜂擁而出，不放過冰山的任一個婀娜之姿。海上遇到冰山是靠近南極大陸的預告，雪白的大冰山多呈直線幾何形狀，偶爾有一些企鵝在冰上棲息。也有一些企鵝成群在海面上游行，卻不容易看得到。

船進入狹窄的水道，兩旁全都是冰雪覆蓋的山丘，到了底沒出口，除了進口，其它三面冰山冰原。靜靜地船停了好一陣子，讓旅客感受南極的環境，寂靜雪白。大船原地打轉，開出峽灣。在南極大陸的邊緣漫遊兩天

在福克蘭島上的這種麥哲倫企鵝，個子小。

才離開北上，到達阿根廷的Ushuaia和智利的Punta Arenas，再東行到巴拉圭的Montevideo和阿根廷的Buenos Aires。在這些南美邊陲的活動還是看冰河看更多更多的企鵝。最後少不了看到街頭上的阿根廷探戈，那位男士修長的黑白裝扮，讓我想起看過那麼多的企鵝，這隻最大。

（三）三月二十三日至二十八日，冰島。

三月下旬的冰島西部本該已是雪溶的季節，抵達之前幾天的一場風雪，綠色又把市郊的山坡地還給了白色。陰陰雨雨讓兩個人躲在一把雨傘裡，傘外的風聲雨聲，籠罩著每一個傘內的細語輕聲。這是談戀愛的天氣，我們來了。天氣好的日子裡，太太和我各照各的像片，難得在一起。隔空互照已是最親密的接觸。要我們都放下像機站在一塊拍張合照，還有待同行學長學姐的善意牽成。上帝用雨水滋潤人間的愛情，雨傘讓我們靠得更近，路滑讓我們牽得更緊，風雪讓我們擁得更暖更親。賴領隊挑這個出人意外的季節來到冰島，正是成全上帝的美意。

搭夜機，天剛亮就到了首都雷克雅維克西郊的機場，跟到加州差不多遠。先住進旅館補睡。位於鬧區的旅館我們連住四夜不換，十六個人每天搭小巴早出晚歸，目標是跑遍冰島的西南部。小憩後下午去著名的藍湖Blue Lagoon泡溫泉。它是冰島人氣最旺的景點，湖裡的熱水是旁邊地熱發電廠，發電之後所排出的熱水。泉水呈藍色俱有豐富的礦物質，有助於皮膚的保養。抓上一把白色的泥巴，往臉上一抹。識與不識就搞不清，誰是這醜陋身軀的主人。你說，誰管你那麼多？可是在正式的晚宴裡，你也把每一寸贅肉每一根銀髮都藏得好好的，卻又那麼會計較。

翌日看一個小而美的地熱噴泉，十分鐘不到噴一次，每次不出五秒鐘就結束，很像是速食時代的人造噴泉。天佑冰島，這鍋白水清湯放在不花成本的爐火上，日以繼夜地沸騰著。不必加水，不必添火，絡繹不絕的觀光客花十分鐘可以看兩次鍋底噴水柱，冒水氣。美國黃石公園的老忠實噴泉可真垂垂老矣！慢吞吞，一百分鐘噴一次，難怪瀉藥的廣告要找上它，放入一瓶瀉藥，就會噴出來。公園當局腦羞成怒，訴請撤下廣告，不得再誤導老忠實。接著也看了一個被冰雪覆蓋的大瀑布，蠻壯觀的。附近有一沉睡著的火山

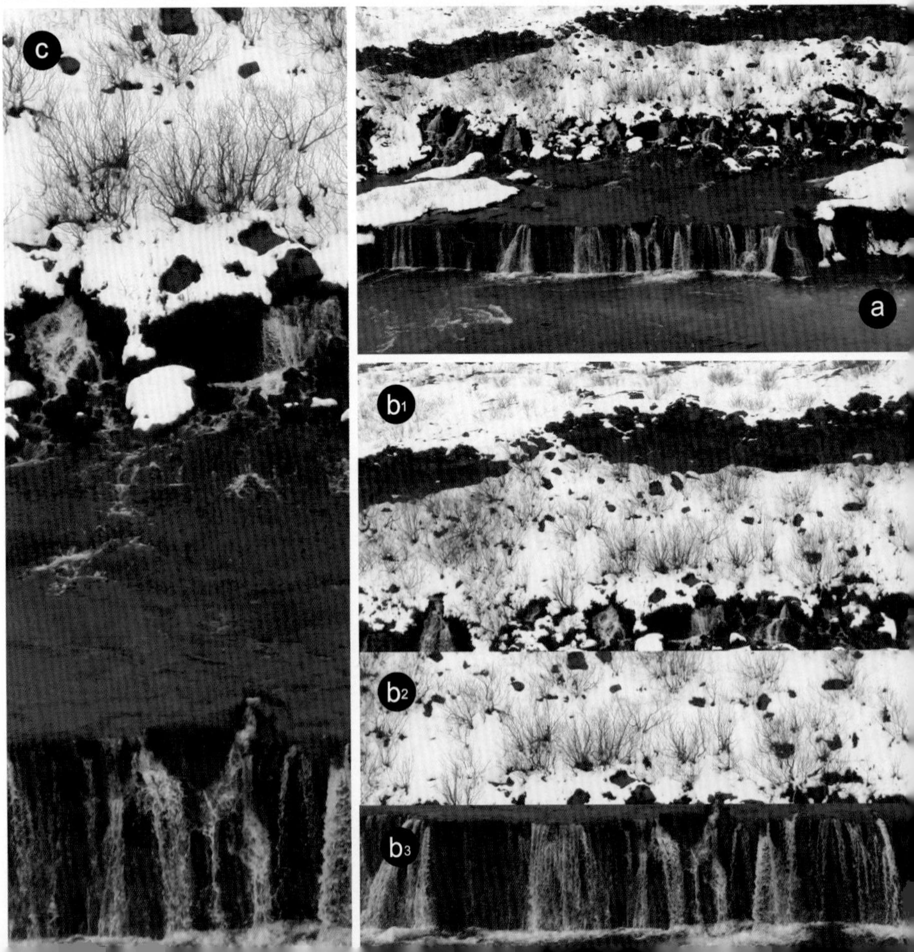
c
a
b1
b2
b3

口。來冰島就像進了火山專賣店，溫泉，噴泉，火山岩等等一應俱全。還有冰河多，瀑布也多。火山黑，冰河白，這個季節的顏色就是黑白系列。有一大片瀑布流過黑岩，只讓不多的雪水細細地穿過岩縫，為黑岩描上白邊，形成黑底白線的抽象畫。這是我所見過最精緻秀氣的瀑布，非常值得一遊。幾年前冰島火山爆發，蔽日的煙灰廹使歐洲飛機航班停擺。眼前火山口下的養羊人家卻相安無事。夏天多一個綠色，大片的綠色上遍布小白點，那是滿山遍野的羊羣。簡單的顏色帶來一片寧靜，這就夠了。還需要誇張的五彩繽紛嗎？何必呢，別讓紐約的人工顏色壞了這裡的山水。

冰島人的日子就太平無事嗎？看看他們的超市賣些什麼，花多少錢能買些什麼。你會謝天謝地沒被投胎到冰島來。魚羊成鮮，

右上圖，歐亞和北美板塊在此會合，這是一個國家公園。a黑岩黑樹枝，白雪白水流，好美的一幅抽象畫。b越是局部越抽象。c加多些寫實也不錯。d冰島瀑布多。

d

盛名的熱狗攤子。

是最普遍的肉類，雞豬牛就相對的少，小餐館的菜單就見不到雞肉豬肉了。錢買不了多少高膽固醇，多糖之類的美食。在冰島想吃一碗肉羹？真會想死人嘍。可憐冰島人一份熱狗就讓他們享之甘如飴。

克林頓總統吃過的熱狗攤子Baejarins Beztu Pylsur就在旅館旁邊，名聞遐邇，生意鼎盛。我們旅行團多數的團員早早掏錢輸誠，嚐嚐熱狗的異國風味。熱狗不像肉羹，我還按耐得住，只是這個人潮洶湧的攤子就在我房間窗下不遠處，讓我好奇地三不五時看它一下，好像眼睛可以聞得出它的味道似的。早上十點開始營業，我決定不眠不休看它整夜的人潮消長。午夜過後，生意火旺，凌晨一點更旺，看得出是酒吧湧出來的人潮。兩點，照樣要排隊才吃得到。開始餓了，但是沒有饞蟲嚙心，就不想去排隊。這水煮的熱狗飄不出香味，教我如何為了吃它一口而著衣出門呢？三點，隊伍短了，但仍沒斷過。我開始想玩個遊戲，如何就在剛打烊前買它一客呢？也就是猜它幾點打烊的，並且要讓自己吃到熱狗才行。可以加個越晚買越好的假設：越晚買打折越多或給的熱狗越大。這和一輩子只能結一次婚，如何決定眼前碰上的這個人就是最好的結婚對象的問題一樣，深具挑戰。

幾輛空計程車停下兜客，快四點了，最好的結婚對象要出現了嗎？還有零零星星的客人，有空檔但不久。我已整裝待發。四點二十分衝出去，買到熱狗。隨即問老闆幾點打烊？「再五分鐘就關。」咻──，差一點吃不到熱狗。真是近乎完美的決策！回到房間，一邊吃熱狗一邊看老闆多開了十分鐘，才關上窗戶沒關燈就走了。同床呼呼大睡的這位女士就是我這一輩子碰得到最好的結婚對象嗎？依買熱狗遊戲的成績來看，應是雖不中亦不遠矣。

搞數學的人真麻煩！吃一根熱狗也會有一大堆的問題。買熱狗，最好的結婚對象，沿途撿漂亮石頭，[1]賭場何時見好就收等等都是同一個有趣的數學問題。它們都有「該做的時候沒做，不該做的時候做了。」的遺憾。沒錯，買賣股票也是同一個決策問題。這是禮拜五晚上的熱狗攤子，特別精彩，也引發一些聯想。顧客都是年輕人，我之所以要避開人潮買熱狗吃，實在是因為沒看到有歐吉桑三更半夜還在外閒逛。最後一天到一家曬魚場參觀魚乾的製作，才驚覺到漁業是冰島經濟的大動脈，也是出口的最大宗。作一首冰火紅，溫水藍，黑白來的雜詩，寫下冰島冬盡春來的色調。

冰島火紅熱狗攤，溫泉水藍冷魚乾，
我似天地黑白來，[2]錯把宵夜當早餐。

（四）五月十六日至六月三日，北歐俄羅斯七國。

這是搭大巴士繞一大圈周遊列國的旅行。從丹麥的哥本哈根下飛機開始，搭乘嶄新的波蘭巴士，由波蘭司機和德籍導遊帶領。經過瑞典，芬蘭，進入俄國，再穿過白俄羅斯，抵達終點的波蘭。其中有一個白天特別從芬蘭搭渡輪往返愛沙尼亞的塔林。到這些國家都只在首都看政府的建築，教堂，紀念碑等等，沒有大自然的風景名勝。就像台灣的廟宇多，歐

洲的教堂更多。到了東歐，教堂變了種，建築的高處不再是聳入雲霄的尖塔，取而代之的是頭頂上戴起圓滾滾的洋蔥頭，各種顏色花樣都有。這趟旅程裡，眼睛看多洋蔥頭，膩了。想當年台灣洋蔥大豐收，當兵的部隊連續整個月，天天吃洋蔥，更膩。

丹麥民情最綠，市區內很多人以腳踏車代步。港邊的美人魚雕像，童話作家安徒生的家是觀光景點。瑞典是諾貝爾獎的老家，觀光客到頒獎晚宴的地方照像虛榮一下。芬蘭就搬出「芬蘭頌」的作曲

哥本哈根市內的水道。

家西貝留士的紀念塑像。導遊是個有心人，巴士在到雕塑公園的半路上，我們已先在車上聽好全曲的「芬蘭頌」。到了俄國，一個充滿音樂藝術文學氣息的大國，他也都適時地，先在巴士上讓我們聽聽各名作曲家所作的音樂，或介紹文學家的作品。大家都很滿意有這位高格調的導遊。他單是要應付這麼多國家的語言就要有天份才氣。

進出俄國邊境是個緊張懸疑的經驗，像是冷戰未了的前線，惹不起邊境官員。導遊如臨大敵，再三警告，謹慎行事。快要輪到我面對年輕漂亮的女官員時，茅學長在我身後，慫恿我對她說

夕陽下的斯德哥爾摩。

句俄語。我忍不住露出淺笑，沒讓說得最溜的我愛你三個字飄出口。她回我一個更淺的皮笑。冷戰終究會結束的，對一個嚴肅的民族需要一段很長很長的時間來接受改變。皮會笑，肉笑也就不遠了。

聖彼得堡是個非常偉大的都市，保存了帝俄時期的榮耀。它將來自西歐的文明，帶一點斯拉夫的風味，發揚光大。在這裡我們爬上一個高高在上的洋蔥頭，旅館就在腳下，遠眺四周更多的洋蔥頭，深入天際。其中以皇宮的屋頂最金碧輝煌。

晚上在遊河的船上看俄羅斯姑娘的歌舞表演，熱情洋溢。另一個晚上是一場更精彩技高的哥薩克歌舞，加上民謠重唱，目不暇給。又一個晚上，欣賞整場全本的天鵝湖芭蕾，西方古典舞藝的標竿。坐在第一排看精彩的舞團演出，真不虛此行。不可諱言，俄羅斯是一個能歌善舞的民族。他們連開著車子在大街上也像在跳舞。

我們的大巴入境隨俗跟別的大巴一樣，在交通繁忙的大馬路上，突然做一百八十度的調頭迴旋，像一個大幅度的華爾滋，十足的俄羅斯風味，也省下不少繞路的麻煩。親眼看到聽到的轟然一聲，一輛小汽車衝入前面車側，這就不是美妙的俄羅斯舞步了，而是走上驚險的俄羅斯輪盤。聖彼得堡市區夠讓大巴肆意迴轉的大馬路，令人印象深刻。到一個高級的購物中心櫥窗瞎拼，裝潢設計不輸美國水準，多是西歐美國的廠商。花俄國盧布買了一雙越南製造的美國名牌皮鞋，為俄羅斯方興未艾的經濟做一點小努力。要是這三個國家早早合作賣這雙皮鞋，還會有越戰嗎？

從聖彼得堡到莫斯科需要兩天的車程，竟沒有一條夠寬夠大的公路連接這兩個偉大的都市。像是沒有足夠的交通需求要迫切地去修一條高速公路似的。巴士停在路旁的一家民宅外，讓我們下車舒解，沒有一點跡象顯示這是一個山寨版的公路休息站。導遊指著屋後一望無際的荒原說是男廁。遠近隨人，沒交代有沒個界限。遠或近好像是個人

潔癖的指標。好一個旭日東升的美麗早晨，我刻意迎著晨曦，釋出一身的萬丈豪情，向東盡興地揮灑萬里，不過你可要知道我這朝東一指，面對的是世界上最偉大的一片國土。飛起的小水滴可以一直線地飄過烏拉山，橫渡西伯利亞，直到白令海峽。多麼遼闊壯麗的俄羅斯版圖啊！

屋內一位當地婦人，販賣少許的手工藝品，搏取微利，她還是小地方裡最能賺取外匯的人，可見鄉下的民生困苦。在都市裡，我們旅館附近的公寓大樓，一半在地下的底層有一家小小的方便商店，買了一個冰淇淋一罐可樂。沒想到冰淇淋在這裡交錢，可樂

俄國東正教教堂有各式各色的圓形洋蔥頭屋頂。

要在另一邊付款，感覺得出來雙方有一股美俄冷戰時期的氣氛。兩個老闆活得像連體人一樣，不出四百平方呎大的小店隔開就很難開店了。幅員廣袤的俄國，鄉下一片荒蕪無人，都市百姓擠在斗室也謀生不易。

但是美國來的麥當勞漢堡店卻是顧客擦肩接踵，車水馬龍。難怪有人會懷念與美國平起平坐的蘇聯時代，藉著核彈頭的數字就可恫嚇要價的時代。有一天的午餐是在一家充滿共產主義革命氣息的餐廳享用，牆壁上掛著列寧肖像，紅黑色調的裝潢勾起蘇聯冷戰時的驕傲。餓著肚皮的傲慢或許是更貼切的描述。飯後走出餐廳，一個長像略似赫魯雪夫的男子將待售的手工藝品鋪陳在汽車的引擎蓋上，讓我們濶綽的校友們圍上了。買得他一臉眉開眼笑，也買走了他原有的赫魯雪夫神韻，留下滿臉戈巴契夫的親切。這一車子四十多人的生意該是他的，先用他的俄製小汽車拉達（Lada Kalina），幫我們的大巴佔個路邊停車位，最後以兩個雙贏達陣，巴士司機和他先雙贏，後面藏著另一個餐館和我們的雙贏。資本主義很容易學會，不是嗎？

有托爾斯泰，有普希金，有柴可夫斯基等等一長串高貴的靈魂可讓彼得大帝的子民們感到驕傲。也是這些人讓我對這個民族感到好奇，最後是讓齊瓦哥醫生把我送進外文系的俄文教室。[3]電影「齊瓦哥醫生」裡空靈的烏拉山區，冰封的西伯利亞和無情的烽火動亂，讓一段無可奈何的浪漫穿梭其間，澎湃我心。嚮往俄國，塵封俄語近四十載，很高興有此一行，登臨斯土一償夙願。

離開俄國，進入白俄羅斯。這是一個腐敗專制的國家。正逢幣值大貶，到百貨公司逛逛，忍受著國營企業的怠慢。最後一站，波蘭的華沙，當地導遊講的盡是波蘭人命運的坎坷，任由德俄強權蹂躪的歷史。也去了蕭邦紀念公園，按往例先在巴士上聽了他的作品。旅遊也就在幾分傷感，幾分償願的心情下結束。

1. 沿著河邊走一段路，目標是撿一顆最漂亮的石頭。條件是往前走不准回頭，只准揀一次。
2. 冰島的冬天，天地只有黑白兩色。閩南語的「黑白來」意即亂來。讓晚吃的熱狗當早餐。
3. 「齊瓦哥醫生」До́ктор Жива́го 原著作者巴斯特納克在1958 年獲得諾貝爾文學獎，卻無法領獎。蘇聯政府暗示一旦到瑞典領獎，將被放逐不得回國。美國導演大衛連在1965年拍成電影。

帶著詩意朦朧地看著自己手上這份畢業成績單，
不禁想起……

11 愛恨情仇話數學

一夥人在餐館吃完飯，收到帳單，分攤下來每個人該出多少錢。這時就有人把帳單往我面前一推：「唸數學的！」是，我是大家永遠的計算機。親愛的酒肉朋友！酒足飯飽，你們就把加減乘除給忘了，也忘了該有的禮數。您叫跑堂的，都懂得客氣地說：「先生，請……」，那麼就給唸數學的戴一點高帽子和一點點尊嚴：「數學家，請……」吧。自稱數學家純粹是開個玩笑過乾癮的事。真能享有這個尊稱的人口，恐怕沒有比熊貓多多少，為數不多，但不會沒有的。就像養不起熊貓一樣，經濟的大環境也不允許有太多不事生產的數學家。當年台大數學系的作法就像是在篩選數學家似的。幾次嚴厲的考試下來，涇渭分明，誰是數學家的明日之星很快地就浮出檯面，剩下的多數人就是不適合唸數學的庸碌之輩了。系裡對多數平凡的學生冷漠，乃至鄙視地任其痛苦掙扎，這些人最後都自然而然地流落到其他科系行業去了。只剩下十分之一的人，嚴守在純數學的領域裡，當教授或研究員。算是數學家了嗎？未必。只有在數學的王國裡能雄據一方，在特定的領域裡有卓越的研究成果，而無他人可及的學者，才配戴數學家的桂冠。很嚴格的，這標準是大家的通識，不是我訂的。傳說中的頂尖數學家多少都有異於常人的傳聞軼事。我認為自己品行端莊，思想純正，有一點小聰明，嗜食人間煙火，一點也不具數學家的人格要件。連一個山寨版的數學家都不像，也不配。也就早早與這頂桂冠無緣。

一般人大概認為，大學裡的數學系所唸的數學只是中小學數學教育的延續，用來解決人類所需要的計算問題。除此之外，還需要什麼數學呢？這是從門縫裡看數學。它還包含一大片夢幻的仙境，讓數學家去漫遊馳騁，去發現暗藏在宇宙裡的奧妙。匆忙來去心浮氣躁的世人永遠到不了仙境，甚至連桃花源的入口都看不到。我凡夫俗子一人，只問世間俗事。對我來講，數學是藏在腦子裡的萬能法術，為解決遭遇到的任何問題，它能有數字或無數字地幫我作分析和判斷，讓我做事更得心應手。

大學聯考決定了我與數學一輩子的愛恨情仇。在台大時看到一份統計資料，我們那一年整個聯考自然組的數學八十分以上有十來人。以八十來分的數學分數，加上理工科系加重計分就超過百分，進數學系。正是因仁得仁，而滿心歡喜。回顧一生歲月，我仍無怨無悔。殊不知有一位洪姓教授正磨刀霍霍，準備給這羣不知天高地厚的大孩子來個措手不及，人仰馬翻。可能是個人的適應能力不好，或是心有旁騖，新鮮人的鮮味猶存，微積分這個數學系的入門課就補考不過，被當掉了。剩下一半的新鮮人日子只好黯然地度過。

在這個艱難時期兩位常和我在一起的患難之交，現在一個是在大學當過幾任管理學院院長的教授，另一位是在外交部當過次長的外交官。這位服務公職的好友大一唸完就轉到法學院，進入外交官的生涯。多年前駐節溫哥華當處長時，在台上對僑民演講，洪教授坐在第一排，還發問一些問題。當年師生講台上下易位，處長開口認了洪老師，洪教授一時想不通怎會出了一個當外交官的學生？更沒料到就是自己當年紅筆一揮，讓一個碎了心的莘莘學子脫胎成台上這個氣宇軒昂的外交官。看看一些不幸被當的學生後來的成就，心狠手辣的教授大可祭出愛之深責之切之類的鬼話，或激勵他們去找到人生另一條適合自己的康莊大道等等肉麻話。

大一結束時洪教授又讓一大批學生掛了紅彩。災情慘重，全班多數人得重修。那是一個還不算太壞的暑假。系裡特別開了暑期進修班，白臉助教取代了黑臉教授，師生之間一團和氣。同一大夥人早上修課，下午打球游泳，晚上當家教賺錢去。已經作古的陳文成學長常常加入一起打籃球。他衝勁大，嗓門更大，總是給人活跳跳的印象。卻英年早逝，空留遺恨。這個暑假不但補修一門課，也修補了一些同窗情誼。

很快地新學年開始，班上少了些人。離開的人多數轉到別系，少數重考又回到台大校園。大二的高等微積分這個重頭課出現一個外校來的殺手教授。帶著來者不善，善者不來的口吻說，要來看看台大學生到底有多優秀？用多麼客氣的修辭啊！客氣得令人害怕。三個小時的期中考考完交卷時，我欲哭而無淚。像是一場風暴過後，房子的屋頂被掀掉了。先看看左鄰右舍的屋頂是否都在，再哭也不遲啊。突然看到一位女同學淚流滿面地衝出教室，讓我鬆了一口氣。我想，吾道不孤，大概還有些人的屋頂也飛了。本來是吃不下午餐的，她這一哭，暫停了我的傷心，也喚醒了我的胃口。跟一大夥人好好地吃一頓午餐，修補一下肢離破碎的身心。

幾天後考卷發下，四十分不到，落在平均分數左右。只有開根號乘以十，才能救得活。教授淡淡地說：「你們也不過如此。」真洩氣，橘黑色和藍色封面的兩本經典教科書和課堂上的講義都準備了，還遠遠應付不了考試。這門課真不知道要怎麼唸下去？後來來美留學，證實這些教材給研究生唸也不輕鬆，遑論一個才新鮮過的大二生。握有長矛的教授對著手持短刀的學生喊著，你們怎麼受不了我的挑戰呢？班裡豈是無人，出了一位高手，數學程度特優，高分遙遙領先。後來五十歲不到就當上中央研究院院士。高山仰止，同窗四年沾他一點光可矣。他已深入仙境，修得正果，哪天該去聽聽他講裡面的宮室之美。不過相信我已聽不懂他的神言仙語了。

多年之後班上又有一位同學當選中研院的院士，這是怎麼一回事？台大數學系一九七五年畢業這班出了兩位院士，學術界最高的榮譽。我終於明白了。為什麼大學四年，老是被當。或許不是自己太差勁，而是我這些同窗們太厲害，太超棒的。跟這些數學家一比，不當我，當誰？同學們的功成名就，我們也與有榮焉。這分享來的榮耀也為我自己換回一點自信，感謝兩位院士同學！

花城舊事，老戲重演。沒幾年前，兒子在紐約哥倫比亞大學(Columbia University,簡稱哥大）唸大三時，在我的鼓勵之下去修數學分析這門課，親炙數學的細緻與嚴謹。有一天他抱著幾本書進家門，我遠遠就看到藍色封面的教科書夾在裡面，我故意唸起書名和作者的姓名。兒子先是驚訝我的眼力不可思議的好，瞬即瞭然於我和它是一世的情深義重。經典之作還是經典之作，四十年不衰；藍色封面還是藍色封面，四十年不變。那暗藍的封面燙上小小的金字，我怎會忘懷呢？翻著兒子的書，細細地品嚐久違的數學之美，也憶起苦澀的青春年華，濕了眼眶。我想有生之年，假如能忘記過去的一切，再讀它一遍，該是多麼溫馨的回顧。不久之後，兒子在電話裡說這門課拿了A，也喜歡數學。很欣慰有一個比我好很多的結局。不過我還是提醒他，不主修數學的話，這大概是一輩子最後的一門純數學的課了。

熬過一學期，還是難逃巨斧，兩門課遭到重修的命運。其他必修的數學課乏善可陳地混過，都要感謝教授的慈悲為懷。唸了兩年的數學系，不但感到乏味，還嚐到苦果。自然心生叛逃之念，跟法律系系主任打探一下，得到爽快的回應：「過來吧！」思考了一陣子，深怕個性不和，水土不服，還是留下來迎接數學系大三的日子吧！可是一開學，班上又有幾位同學不見，投奔它系去了。數十年後再回首這段時光，的確是人生的一個大叉路口，也是置身在最深的谷底。所幸最後四門必修課均能化險為夷，僥倖畢業。帶著詩意朦朧地看著自己手上這份畢業成績單，不禁想起熬過風雨摧殘的詩句「青山依舊在，幾度夕陽紅」。那令人神傷的夕陽紅啊，是非藍即紅的墨水紅，也是內心淌著的鮮血紅！再看太太的成績單，一片藍天蔚海。讀不出驚濤駭浪，也成就不了一篇史詩，藏不住一小段軼事，更沾不上一滴淚水！看得出過了四年的好日子。

大三也是開拓疆土擴大視野的開始。打從進入大學的第一天，我就想到外系修課，尤其是文學院的科系。但是在數學系課程的壓力下，苦無機會。進入大三之後，已有時不我予之感，非走出去不可。藝術美學，老莊，易經和佛學禪宗是當時想在大學時期就解決的項目。解決就是解惑，希望得到名師指點以後，不再迷惑在這些形而上的名詞，進而有信心有膽識將它們說個清楚。把選課單給穿短褲留鬍腮的系主任簽名時，他一邊簽字，一邊問道：「你數學都唸好了嗎？」多讓人難以啟齒的問題啊！

既然動筆簽了字，我沉默地忍受一下自尊便是。他這個問題太偉大了，我想連系主任他自己都回答不了的。一直到畢業多年之後，我才有膽去回應系主任：「親愛的系主任先生，我們這個攤子的考代數不如路邊的烤蕃薯，對著黑板乾抄幾何筆記，也沒有比新生南路旁的乾炒牛河好吃，想到別的攤子去嚐嚐新鮮的東西。」公道地講，他的意思應該是指必修的數學課都唸好了沒。可憐的吳下阿蒙被扣上大帽子，心都慌了。

必修課程之外，到外系選課應該被鼓勵的。正如去吃自己體內所欠缺的營養品是非常合情合理的事。這些文學院的課還真營養嘢，統統拿到九十分以上，甚至到九十八這種令人臉紅的分數。沒搶到數學系最後一名畢業的寶座，我想都是這些分數的關係。一直以為只有名列前茅的學生才排名，因為對就業或申請研究所有幫助。太太就有一張教務處打字機打出來的複寫紙，証實是第一名畢業。別小看那張弱不禁風的薄紙，靠它換來好多家名校研究所的全額獎學金。來美國前媒人做媒，就用了這個廣告。雖然沒去研究思考，學業第一和秀外慧中有沒必然的關係，第一名總是不可否認的好事一樁。結婚三十多年，往事也塵封起來，直到不久前，在舊書堆裡翻出這張泛黃的複寫紙，它和婚姻幸福有什麼關係？實在是講不清說不準，太太又是個不提當年勇的女傑。我茶餘飯後，推敲三思後，只敢說，女兒和兒子的學業可能與它有關。

這張複寫紙還真像結婚時，太太帶來的品牌保證書。保證她帶有會讀書的基因。兩個孩子能鑽進又鑽出名校是其來有自的，也讓我沒為小孩的功課操心過。薄薄複寫紙一張，真的勝過一牛車的台南嫁妝。

有一回和紐約哥大當系主任的羅教授閒聊敘舊，談起當年那段有血有淚的往事，我自詡是班上最後一名的畢業生。沒料到引起他的抗議，請我回教務處查查看，他才是如假包換的殿後大將軍。想要最後一名畢業還真不容易呢！像一羣人在懸崖邊採燕窩，有人採得輕鬆，有人不慎墜崖，最難得的是那位採得險象環生，鍥而不捨的存活者。難怪有位院士說過，我們這一班不得了，最後一名畢業的同學都能在常春藤名校當教授。說得我們這群雞犬都要昇天了。院士愛開羅兄玩笑，隨便推論，製造戲劇效果，以為美談。殊不知這一切是多少心酸血淚換來的，羅兄知道，我當然也知道。難掩才華，他翻個飛天跟斗，從加州一翻到新英格蘭，執教於哈佛，再到哥大，同學都引以為榮。我們不禁要為這些有能力躍越龍門的鯉魚叫好也叫屈。過去數學系不知無謂地折損多少戰將？

有位學長被迫退學，當了兩年兵，志在必得，重考回來數學系，重新和我們同窗四年。下一手好圍棋，談笑用兵輕鬆地度過四年。我想，這個系讓他為了一張文憑，多花了四年的時間和亦師亦友的其他學長下棋，又回頭和我們這群青澀的小老弟打哈哈。期中考一到，露個臉問一下教室在哪裡；期末考來了，又露臉確定一下教室沒有變。顯然，他的數學程度比我們好很多。後來逍遙自在地在他的圍棋國度，日本當教授。過去多少屆多少失志的系友是如此卑微地度過這段沒有色彩的青春歲月。現在再去翻動如煙的往事，也只有徒增痛苦。英雄如羅教授早已慣看秋月春風，不在乎我不避諱地暢談往事。

當年除了鬼混修習德文兩年，又修兩年俄文。那時覺得學習語言的收穫最可靠，不學不會，有學就會。可惜錯了，不出幾年就忘得乾淨。直到最近到俄羅斯旅遊，有底子多少有點幫助，對那些好像把英文字母寫反了或搞混了的俄文字母，我早已習慣了。看滿街的俄文招牌，也覺得親切。至於到哲學系修的那些課讓我多少瞭解它們的虛實，可以一輩子百毒不侵，刀槍不入。也讓自己更耳聰目明，知道在有限的人生該看什麼聽什麼或不必看什麼聽什麼。譬如親睹名畫蒙那麗莎之類的朝聖之旅都可以免了。

對一個數學系的畢業生而言，留學深造是錯不了的一條路。前往九月初才註冊開學的約翰霍普金斯大學（Johns Hopkins University）唸應用數學系，我七月中就下飛機趕到，準備在八月下旬的博士資格考試。要考過五科，每年在八月考一次，可分幾年考完。還沒註冊開學就知道考的兩科都一舉過關，包括當年被痛宰的高等微積分，是五科裡最難考過的一門。多數人要考兩三次才過關。沒料到一放洋就揚眉吐氣，而且第一年就拿到全A的成績，可見台大的水準之高。看了我那張八寶粥似的台大成績單，人家還敢收，據說是因為過去系友的表現太傑出了。而我的台灣八寶粥，淮橘為枳，在美國變成及第粥的奇跡，也應為系友的傑出添加一筆。

我的第一個美國冬天特冷，窗外雪積如山，室內卻是溫暖如春，怒放的心花朵朵開。開始跟人在費城賓大的一位小姐煲電話粥，靠著電話互相取暖。不知怎的，很快就煲出轉學這麼回事。一月底就截止的研究生申請，我三月底才提出，到賓大商學院去，因為我想唸的作業研究（operations research）是在商學院裡頭。請教作業研究的派克教授寫介紹信，他驚訝之餘，問我可否轉系不轉校，到他在的醫學院唸醫院管理，或生物統計亦可。雖然霍普金斯的醫學院是全美頂尖，可是當年痛苦之餘沒去法學院，在這個一生難得屬於自己的太平盛世去醫學院，也是匪夷所思，何況我是要為情為愛北上費城的。沒想到不出一個禮拜，收到令人心驚肉跳的電報。在越洋電話還不十分普遍的年代，是用一雙顫抖的手來拆開電報，深怕它是來自家鄉。原來是賓大商學院收了我，並附贈獎學金。知情的人都提醒我，賓大的商學院就是華頓學院

(Wharton School)，非去不可。這時我才知道華頓這塊響噹噹的招牌，也才棄守霍普金斯大學。又是傑出系友的功勞，加上霍普金斯的漂白，拿到一張潔白有力的成績單讓華頓信服。這是個意外，一個月前還沒想到會嫁到費城去，也沒聽過華頓這個名牌的意外。一個常跑文學院的理學院學生，有機會轉到法學院和醫學院去，卻陰錯陽差落腳商學院。數學像八腳章魚，深入各行各業，可走的路還蠻寬廣的。命運之神特別眷顧，我敲一扇門，開了兩扇。選了這門，就沒那門，更不許重新來過，世事永遠如此。

有點數學底子，唸商學院不難。在那裡學了作業研究的十八班武藝，也接觸到美國優秀的才俊精英，和少數外國的權貴子弟。兩年完成碩士學位，也附帶著完成終身大事。繼續唸下去？外面工商業界少有人瞭解作業研究的重要，多半當資訊人才聘用。我想，電腦資訊已是大勢所趨，就帶著成績單到工學院資訊系見系主任，他邊走邊看成績單，還沒坐下椅子，就說沒問題，也不必填申請表，交給秘書辦就可以了。好像說，在賓大從商學院轉到工學院就像水從高處往低處流，不必費力氣，反之大大不然。這兩個學院我各當過兩年助教，看得出學生平均程度的不同。此後我自然地以華頓商學院的畢業生為榮。

同時，教過我兩年統計的薛曼教授很誠懇地問我，是否願意留在商學院跟他唸統計的博士學位。我支吾地婉謝了。三十年後的今天回想起薛曼和我談話的眼神，我的心還是有所不忍。在他的眼中我是數學不錯，作業工整的乖學生，只是他沒讀到我內心深處對統計的一點疑慮。它和令我倦怠的那種數學太親近了。

來到陌生的學院，卻是來自台灣留學生最多的地方。經轉校再轉學院，終於和太太同在工學院的屋簷下求學。在同系留學生的鼓勵之下，一月初挺堅走險參加了博士資格考試。連考三天，硬體，軟體和數學各一天。考不過的話，明年三科重考，也是最後機會。結果鎩羽而歸。主持考試的教授說：「你的個案特殊，我們開會討論過。數學比第二名多四十分，硬體倒數第二，軟體在中間。雖然總分還好，但我們發現你以前從來沒修過任何硬體和軟體的課。希望你明年再考一次。」翌年考過了，但自知比起上一次沒好到哪裡去。

沒讓比我年輕的女指導教授操心，我很快地發現一個方法 (algorithm) 對網路上的一個阻塞或斷路，計算出任何兩個網站之間，流量受到影響的地區。這個網路可以是交通，通訊或電力等等任何網路。找出計算的方法之後，就建立起整套數學理論，包括了二十多個簡潔有力的引理和定理，來證明計算方法的正確和快捷。這都還在應用數學裡圖像理論(graph theory)的範圍。也進一步證明我這個方法快速到極限，不可能有其它更快的方法。淋漓痛快是我對自己的作品最貼切最驕傲的形容。指導教授一度要我寫程式測試我的方法到底有多快多省，我以數學證明了不可能再快的快回應，躲過寫程式這個浩繁的大工程。因此，拿到電腦資訊博士時，我只在修課時寫過一個簡單的程式，不知道是不是創了最不懂電腦的電腦博士的世界記錄？可能的世界記錄是有人一個程式也沒寫過就拿到博士學位。以數學語言寫成的論文，一步一腳印地陳述著網路裡的一個奧秘。翻著扎實不厚的論文，回想起在數學系的那段風雨歲月，還難過著，也很難忘。或許，沒有那陣子的煎熬，就寫不出這本論文。可是萬一熬不過那麼一口氣，後果可就不堪設想了。

論文口試的前夕，深夜十一點剛過，還在辦公室裡。剩下幾張幻燈片需要修改重印，才能回家。此時電話響起，是女兒的保姆也是鄰居打來的。她的家人已經把待產的內人送去醫院了，我也在午夜時分匆匆地趕到。不到一小時，一個男嬰哇哇地誕生。真是來湊熱鬧的。讓我搞不清，兒子是太太送給我拿博士學位的禮物呢？還是學位是送給太太生兒子的禮物？這個遲來的博士學位不稀奇。她早在一兩年前就拿到屬於自己的博士學位。夜深人靜，獨自一人帶著感恩之心和一點疲憊回到家。只讓我少睡兩個小時，這孩子來得真瀟灑不拖泥帶水。

清晨八點半，我已從容地在教室裡，一切就緒，只等九點整的來到。沒有緊張也沒讓興奮溜出嘴角，簡要地講述自己的研究成果後，開始所謂的防衛。炮火零星，不成氣候。數學定理像一座座銅牆鐵壁的城堡，我自知是攻不破的。在場的師生忙著欣賞美麗的城堡都自顧不暇，怎會有一絲挑戰的心思？沒有人有問題要問了。我不疾不徐地亮出最後一張幻燈片寫著：邁可林今晨一點誕生了。眾人恭喜聲中，我掩不住喜悅地走出教室。不是口試委員會裡的其他師生也退出教室。

正午時分指導教授來傳達口試委員會的決定，我通過了。沒有意外也就沒有驚喜。一切都結束，不再有考試拿紅字的日子了。獨自坐在辦公室沒什麼胃口吃飯，也沒有一點頭緒要如何打發這個下午？去探望太太？醫院的下午是不開放給親友來訪的。打電話給爸媽報告雙喜臨門？這個時候是他們的半夜。看到桌上的教科書，想到人生未來的日子不用再為考試而讀書，真好。心理上想放鬆下來，卻一時還放不開，沒有即時將它們丟進垃圾筒，可能現在還躲在家裡的地下室，下落不明。打包書桌準備搬走是唯一可做的事，可是我何必在這個日子做離別傷感的事呢？本來該是一個人生最高興的日子，卻變成讓我終身難忘一個最無聊的下午。只因為我一時失去了一個人生奮鬥的目標？其實在這麼一個平淡無奇的初秋午后，假如能和太太手牽手，兩人安靜地在著名的長木花園遛躂一個下午，以那份甜美優哉的心境來犒賞自己，和迎接沒有考試的餘生也夠豐富了。

數學，我終究還是靠這個老本行取得最後的學位。回想起來，我是故意將所創的數學定理，引理等等開發到底，展現裡面的數學之美。既可露一手數學的硬功夫，又能很快地臣服口試委員諸公。何況一般人相信能寫得出一系列數學定理必定不俗。電腦博士的論文一向五花八門，言之有物已是難得，算來不愧對電腦資訊系，也不失為唸數學出身的一條好漢。數學一度是生命裡的重擔，幾乎讓我拖不動它，差一點就把它丟在法學院的門外。越洋來美以後，負債翻身變資產，讓我能很愉快地遊走在工商學院。啊，還有什麼學院沒去的？農學院是去過的。出國前一年在台大農藝系旁聽茶葉的製作這門課，也兼吳振鐸教授的助教。當年這位台灣茶葉學術界的權威對我有很大的期許。讓我跟他上山下鄉，看茶園，訪茶農。這是走茶山喝茶水的家世所致，無關數學。最後走入音樂學院學聲樂，更是遠離數學以後的事了。十多年來從「多累沒法說」開始，到快樂的浴室歌手，一路來享受意大利歌謠的豪邁奔放。至今還沒發現唸數學有助唱歌，只知道這不是數學，只要專心認真地唱，一定會有收穫。

口試完一個禮拜後，數學沒有留在學校，悄悄地跟著我到貝爾實驗室（Bell Labs）。不但甩不開它，反而黏得更緊。整整四年都在做排隊理論（queuing theory）的研究，因為每個資訊會經過一連串不同網站的交換機，需要排隊通過。依照各種不同的交換機特性，我得做出各種數學模式，進而算出平均的等待時間。舉個很簡單的例子，資料中心散布各地的各種信用卡在紐約的一家超市刷卡，每位顧客平均要花六秒鐘等信用卡反應回來。太久了，大家都受不了。超市要多花些錢給網路服務公司，得到保留多些頻道或高速的線路等等，將六秒降到可接受的三秒鐘。資訊排隊等著通過交換機是最費時的部分。通常我都算到以秒為單位，小數點後六位數的精確度。這是很美麗的應用數學，理論的計算與實際的結果很接近。連容許插隊的情形，都可以考慮進去。只要知道交通流量和資訊長短的分佈，任何想得到的排隊模式都可以算出平均等候的時間和偏差。因此，我很樂意自稱或被稱為排隊專家。這門學問在應用數學的領域裡是很獨特的一支。我也還是整天與數學為伍，也只有喜歡數學的人才能勝任這個工作。那是九〇年以前的網路，個人可以上網以前的事。現在硬體資源豐富，網上排隊的事少了。傳統的排隊長龍仍在，處處可見，在著名餐館門口，在修路中的高速公路上等等，僧多粥少，供需失衡，專家也是束手無策的。

排隊排久了也煩。讓數學的靈魂飄入股票市場吧。離開貝爾實驗室，從此和數學分道揚鑣。歸真返璞，回到加減乘除的輕鬆日子。進了股市，這個輕鬆是表面的，加減乘除也是表面的，還是需要一些數學在水面下划動。偶爾無聊，玩玩數獨，翻動一下腦筋。曾經滄海難為水，數獨是沒有激情的數學邏輯推理，玩別的數學吧。有人似懂非懂地說了，學數學的到賭城去一定有幫助。或許，有一位同學是個統計教授喜歡上賭城，也許有什麼好甜頭。沒有機率統計底子的人也能嚐得到甜頭嗎？記得在華商學院的時候，為「上了賭桌，什麼時候是最好的離場時機？」找到了答案。這是華頓留給我印象最深刻的紀念品。至於我的數學最後哪裡去了？有形的十八班武藝早已置諸腦後，數學不再是工具了，也超越推理的本質，最後只剩下一個無形的信念。我相信天下幾乎沒有解決不了的難題，經過冷靜的分析，有自信能在任何一個特定的時空之下找到最佳的策略。我想，這也是作業研究的極致。人生就要這麼地數學嗎？不然，數學最多只能解決人性理智的一面，終究要臣服在一個人的個性之下，由個性來做最後的裁定。數學只好隨人愛恨情仇去了。

即使離開數學系以後和數學是愉快地和平相處，但一直讓我自慚形穢的是當年為考試落淚的女同學，後來能到哈佛大學當教授；而我，飯桶終究還是飯桶，只會懷念當年那一頓失而復得的午餐。更不該的是看別人的屋頂也飛了，就是在找藉口原諒自己。啊！那是多麼珍貴和崇高的幾滴眼淚。四十年後，我還記憶猶新。

三更半夜的太陽仍在南天，
小鎮沈睡在既是夕陽且是晨曦之中……

12 毗鄰天涯

有一回到加拿大溫哥華島的西岸一個名叫托菲諾（Tofino）的小地方，與大都會隔著山又隔個海。四下空無一人，獨自在沙灘上漫步。望著反覆不止的潮汐，想起在大海另一邊的家鄉。既是旅人，便覺得身處在所謂的天涯海角。可是地球是圓的，天既無涯，海更無角。或者也可以說，無處不是天涯海角，因為每一個地方都可以被遠方的某一個人稱為天涯海角。這讓我想到田園派詩人的說法，陶淵明說「心遠地自偏」的意思是，即使身處在紐約的鬧市，只要心一轉遠去，身子就像處在任何一個安靜偏僻的地方。要在鬧市或鄉下、天涯或海角都是自己內心這個小方寸決定的。

我是一介凡夫俗子。人在紐約，心飛到北極海邊，自以為人在那裡，如此想多了非精神分裂不可，看來還是得親自去一趟，讓詩人所謂的「漂泊的靈魂」早一點落實，別再為天涯或是海角，無病呻吟了。阿拉斯加北部的海邊這個遙遠的地方拿起放大鏡仔細瞧瞧。翻開北美洲地圖，在阿拉斯加的東鄰，加拿大育空領地的北方海邊不遠處有一個名叫赫胥爾(Herschel) 的小島。這才是我的天涯海角。一九九九年的夏天我們一家四口在北極圈裡，搭上一架五人座的水上飛機到此一遊。

那年夏天我們租車從安克拉治（Anchorage）出發，經過東部的小村落塔克（Tok），跨過國界進入加拿大，抵達道森市（Dawson City）。再從這裡北上登普斯特公路（Dempster Highway）抵達愛斯基摩人的小鎮尹努維克（Inuvik）。一共是四天的車程。[1]道森是淘金史上極有名的地方。[2]一八九七年發現沙金的消息傳到美國本土，翌年掀起蜂湧而上的淘金潮。一時之間有兩三萬人湧入這天寒地凍的荒地，讓它一下子躍居成為僅次於舊金山的北美西部第二大城。但是淘金客很快地耗盡盤纏，敗興而返。不幸的人更是埋骨異鄉。今天再重遊舊地，緬懷過去，看到陳年的泡沫。想起近年的高科技泡沫，房地產泡沫，人們還學不會鑑古知今嗎？

從這裡往北直到北極海是一大片的永凍土(permafrost)，表層土下淺則一兩尺深便是硬梆梆的冰塊。冷戰時築登普斯特這條戰略公路的初期，缺

1. 登普斯特公路沒鋪柏油，被有些租車公司列入禁區。訂車時先多問幾家，問清楚規定。
2. 道森有西部小鎮的味道，回程時值得多逗留一兩天。參觀淘金的挖泥船，看康康舞表演，逛街等等。

少經驗，在夏天把表層土挖開，冰塊暴露出來，溶出一小潭水，因此束手無策，吃不少苦頭。現在路面是紮實的泥土，車子在土路上跑起來和在柏油路差別不大。有兩段又直又平坦的路段可在需要時供小飛機起降。公路的南半段這一天的行程可說是毫無人跡，連一個房子也見不到。卻讓我們見到一雙又黑又亮的大眼睛，在草叢中閃爍。不該會是隻狼狗，也不像是隻胡狼(coyote)。

啊！是一隻惡名昭彰的野狼，真是久仰了。生平第一回遇上傳說中的壞蛋，一時之間我竟無言以對。活了一輩子所知道和狼有關的形容詞、成語都是很糟糕的。對這麼一位聲名「諱」籍的先生或小姐，我連一句請安問候的客套話也擠不出來。可是一下子要將這些壞印象、壞字眼全算到車外這位孤獨的新朋友，也讓我感到十分地迷惑和不平。牠真的那麼壞嗎？看似一條走失了的狼犬，我腦子想的是，不知道牠多久沒吃東西了？可是我絕不能心軟，眼前的牠真的是一隻暗褐色的大灰狼。不像其他動物如熊鹿遇到人，照樣我行我素或避開人類，這隻灰狼不怕人，只是不動地瞪著我們，像是有所期待。和野狼大眼瞪小眼，多待無益。

車子開沒多久到了一個小湖邊，我矯健的另一半一溜煙就到湖邊，遠眺在湖中吃水草的大麋鹿。四周寂靜無聲，沒有鳥叫也沒有蟲鳴，只有麋鹿偶爾撥弄的水聲。不經意中我從車上的後視鏡，看到剛剛那位狼兄或是狼妹在公路上，慢跑徐徐而至。不得了，趕快發緊急警報：「狼來了！狼來了！」因為我沒放過羊，也從不對坦誠的另一半說謊，她一聽飛也似地逃回車子。「太太，你看平常聽我的話就沒錯。要是把我的話打折扣，拖拖拉拉，今天就會被野狼吃掉。」她狼口餘生，我打鐵趁熱，趕快機會教育，同時開車遠離是非之地。水中的麋鹿仍悠然自得。記得電視上演過一群野狼攻擊一對麋鹿母子的經過，一直在我的腦海中浮現，而眼前這隻麋鹿可是有一對既美麗又具威力的大角，我想孤獨的散兵應沒這個膽才是。其實這一帶豈止是有野狼，還有很多黑熊、灰熊（grizzly bear）和馴鹿（caribou）等等。每年秋天有一群成千上萬隻的馴鹿自阿拉斯加的北部向東南避寒遷徙，路過這一帶。還有，曾經有過一直往南向內陸走，不知道那根腦筋出了問題的北極熊。還有，皮毛美得要牠自己老命的貂。在公路旁的樹林裡可以看到裝有誘餌的塑膠桶子放置在樹上，用來捕捉會爬樹的貂，賣給皮草商。

百年來牠的身價直直落，從以前的百元到今天的十塊錢，是通貨膨脹難得的一大反例。感謝貴婦人慈悲為懷，手下留情，不和貂搶皮衣穿。從此錦衣族的動物身價下跌，獵人少了，生命也較有保障。這正是莊子的無用論：一棵長得不好的樹木比長得挺直的大樹容易逃過刀斧之災。我喜歡這個論調，因為每次站在鏡子前，我都這麼地安慰沒有一身好皮毛的自己。不招惹女獵人，或獵女人惹事。我聰明的另一半也早就深知這個道理，嫁個老公醜，安心睡覺，活到九十九。然而我美好的另一半年輕時是漂亮的，我心想娶個老婆醜，可以活到九十九，那又有什麼意思呢？

這一路來人煙罕至，一遇到的房子便是我們過夜的鷹原(Eagle Plains)旅店。這個地方集旅館餐館修車加油站於一身的休息站。除非一大早從道森出發，急著趕路，否則難免要在此過夜。是的，這裡還是有短暫的夜晚，沒有永晝。過了旅店便很快地進入北極圈。講到北極圈，先別管他北緯幾度幾分，它有一個比較有趣的定義：在北方只要一年至少有一天永晝就算在圈內。人一跨入北極圈，就遲早會有個地方上的遊客中心發給你一張入圈証書。這是一份歡迎你的小小紀念品，證明你進入過北極圈。也讓你在茶餘飯後，能帶有權威的口吻，暢談北極圈內的所見所聞。這也是任你胡說八道的許可證。

車子後來開到一個山頭上，也是一個地理上的風口，公路自此進入加拿大的西北領地 (Northwest Territories)，一個比育空更偏遠更靠近北極的領地。這個地方我們兩次夏天來都遇上風雪交加的夏日奇景，也碰到因風速過高，公路關閉的情形，在這裡是常有的事，整個行程就是這裡最冷。這回難得遇到一家三代都包著頭巾的印第安婦女，在附近採收寒帶特有的鮭莓(salmonberry)，狀似黑莓，卻是黃色的，準備回家做成果醬。我們也加入採野莓子的行列，得到她們的一個善意的警告，「別埋頭猛採，偶而要抬頭注意有沒灰熊靠近。」莓果類是灰熊的最愛，何況整個山坡都是長滿不過膝蓋高的鮭莓。

從這裡兩個領地的交界到尹努維克之間，公路會遇上兩條河流橫亙在

3. marten，貂之一種，長像似小貓。

前。在夏天有兩次車子需要靠輪渡過河，隨到隨時服務。冬天車子可直接開過結冰的河面。因此春秋各有三四個禮拜冰溶冰結的時期，公路中斷，貨車補給也暫停。尹努維克的居民就和所有偏遠的愛斯基摩人小鎮一樣，飛機是唯一的對外交通工具。所以，在北極圈裡的夏天，溪澗小河遍布，將大地割得支離破碎，汽車無用武之地。而在冬天裡，這一塊大地被冰雪覆蓋，猶如在半老徐娘的臉上塗上一層面霜，將所有的皺紋填平。汽車反而可以在各地通行無阻，不過要記得在雪溶之前回到主要公路，否則會被河川所困，直到下個冬天才得以解困。

幾年前在阿拉斯加的貝托斯(Bettles)，我去玩狗撬的那個小村子的附近，有一輛吉普車拋錨了。趁著嚴冬，由三十隻狗拖著，沿溪谷出去，接上沿著阿拉斯加輸油管南下的公路。由一輛等候多時的拖車，把吉普車拖到菲爾班克斯(Fairbanks)修理去。從錄影帶裡看到三十隻狗拖車的仗陣，令人莞爾又詼諧。鄉下的狗狗一輩子沒看過車子，只會覺得這個巨無霸狗撬有點可怕，底下有四個會轉轉的大圈圈，叫聲叭叭遠蓋過犬吠汪汪，眾犬們三不五時就掉頭，瞄一下以策安全。

尹努維克是個人口三千五的小鎮，也是加拿大最北的城鎮，居民由白人、愛斯基摩人（Inuvialuit）和桂群（Gwich'in)等兩三種不同的印地安人組成，[4]其中白人佔百分之四十。地處馬肯契（Mackenzie）河口三角洲的東南端，離北極海還有些距離，約百公里。這裡夏天有五十六天永晝；冬天有三十天永夜。

因為整個小鎮座落在永凍土之上，所以除了大型建築物底下有特別的散熱裝置，一般民宅的底層通常架高兩三尺，不讓屋內的暖氣溶了地底下的冰層，以免房子傾倒。那麼下水道也不能在地底下，只好架高從後院出去，和左鄰右舍相連接。更乾脆一點，乾淨水的管道也緊貼著下水道走，有時再加上天然氣管道一起走，外面厚厚地包好，與寒冷的氣候絕緣。這些管道稱之為供回管道（utilidors），既供應水電瓦斯又污水回收，是極地

4. 愛斯基摩 Eskimo 這個名詞是外界統稱全球居住在北極海邊的Inuit和Yupik兩大族群，但他們不會自稱是愛斯基摩人。阿拉斯加原住民包括阿拉斯加境內的愛斯基摩人，阿留申人和印第安人三大族群。

捕鯨船的補給站。

城鎮的特色。兩排背對背平行的房子有這些卅字型的人造障礙，在後院將各戶人家隔開。想到後面人家去串門子、打麻將變得十分困難。一定要繞道，像晏子一樣很有尊嚴地走大門。

這個極區大鎮是公路的北端終點，卻還不是我們此行最終的目的地。我們要去一個已經進入歷史的捕鯨人休息站，赫胥爾（Herschel）島。由於這裡氣候變化極快，陰晴風雨不定，我們等了三天才在一個傍晚時分被通知到小鎮郊區的一個湖邊候機。

原來五人座駕駛和四位旅客的單引擎飛機已在水邊等人了。附近草地上附近有個小油桶，開飛機的歐吉桑開著年近古稀的日產小貨卡姍姍而至，停在油桶旁。引擎仍然開動著，他打開引擎蓋，手拿一個電動小幫浦，利用汽車的電池啟動幫浦為飛機加油。永晝黃昏的太陽仍高掛天邊，卻嬌軟無力。飛機很快地從湖面升空，進入廣袤的三角洲。無數的小池塘遍布在綠油油的草地之間，在陽光下像小鏡子一般，反射著一映一閃，自有一份不必言喻的安詳寧靜。偶而池塘裡有兩個小白點，那是一對天鵝夫妻。有時兩小點之外再加上兩三小小點，那當然是天鵝的王子或公主了。這種天然的池塘多不勝數，自然不會有兩家以上的天鵝去擠一個水池。

突然，駕駛手向左下方一指，飛機隨即向左傾斜俯衝，讓我們鳥瞰大地，原來是一隻特大號的野生麝香牛（muskox）在一片美麗的草地上，獨自享受著晚餐。抬起頭來望著我們的同時，牠那一身厚重的長毛也在風中飄盪著。隱藏在長毛底下的絨毛才是人類想要的寶物；而我認為牠額頭上尾端帶鉤的八字小牛角最是可愛。這種為數不

捕鯨人埋骨異鄉。

多的長毛短角牛是北極圈內包括北歐、西伯利亞才有的動物。西藏犛牛是牠最近的親戚，很直覺地牠們像是兩種不同的牛隻穿同一件長毛袍子。牠的牛排在尹努維克的餐館就吃得到，當地的超級市場也買得到，牠的絨毛織品在加拿大各高級觀光區都有小店販售。

飛機到達海邊便沿著海岸往阿拉斯加方向西飛。赫胥爾島離大陸海岸線很近，冬天和大陸以冰雪相連，春天雪溶後，小島便被海水隔開。不知情的陸上動物如麋鹿，馴鹿等等會不幸地被關在這個小綠島，直到下個冬天。現在整個島屬於育空的一個領地公園，夏天島上住有一位公園管理員和一戶愛斯基摩人家。百年前這裡是捕鯨船的補給站，當時使用的一座大房子外殼仍在，只是人去樓空，盛況不再。未來只等歲月挾著風霜雨露將之夷成平地。不遠處有先民遺下的墓群，一排細長的墓碑，白底黑字，矗立在荒涼的地平線上，陰霾的天空更平添幾許悲愴。魂不歸兮補鯨人，淚不枯兮愁家人，尋天涯，覓海角，捨不離兮台北人。風勁雲急，斜飄起間歇的細雨濛濛，走到愛斯基摩人家附近，帳篷內掛滿有待風乾的醃鮭魚片和海狗肉。這裡是他們夏天的度假屋，冬天仍回到大陸去。管理員也是只在夏天才來，偶而飛機會載來像我們一般新鮮的遊客，和他聊聊天解解悶。

就在午夜時分島上雨滴稍大，我們依約到世界上最陽春的候機室等駕駛。這個只有電梯間大小，無窗無座椅，空有一個門框的小木屋，僅夠擋個風雨。孤寂地屹立在海灣的水邊，守護著一架老舊的飛機。駕駛說這就是我們回去的飛機。咳！這個世界真賊，在孤島上飛機也會被掉包。等我們上了飛機後，駕駛使盡力氣將飛機推離岸邊。正擔心他沒上來，我們一家四口就會像魯賓遜在北極海上漂流。他老兄手腳倒也十分伶俐，一個箭步跳上機下的浮筒，上機就位。這架老爺機儀表不全，駕駛面對著坑坑洞洞，殘留著一些不知所終的電線頭。他終於開口了：「除霧器壞了，我們不關機門。」綁著安全帶，不關機門沒問題。起動了單槳引擎，開始在海面滑行。這時風大浪大，飛機就這麼拍著海浪上下晃動向前衝刺，拍一次海浪警報器嗶叫一聲，老爺機一路嗶嗶叫，衝了半天沒飛起來。好像我們坐的是快艇，不是飛機。駕駛將飛機減速調頭，重新來過。這老爺機拼了老命，拼到不行，全身發抖才如願升空，途中話不多的駕駛皺著眉頭說：「我們沒有無線電通訊。」我內心十分平靜，因為任何一個面積夠大的水域都可以是水上飛機的飛機場，而下面就是北極海大機場。對這架志在千里的老驥，我是憐憫多於抱怨。何況萬一當不成飛機，也能屈就當船用，不但是鞠躬盡瘁，更是功德無量。

沿著海岸東飛，漸漸遠離風雨，甩開烏雲，半夜兩點半抵達尹努維克。三更半夜的太陽仍在南天，小鎮沈睡在既是夕陽且是晨曦之中，大白天街道上空無一人，靜悄悄的。我彷彿是西部電影裡的大鏢客，走在大街上，人見人怕，鎮上所有人都躲到屋子裡，並將窗簾關閉得緊緊的。難得能像大鏢客這般威風，我大刺刺地走入旅館。進入房間後，竟然也得將窗簾關閉得緊緊的。不這樣做，只要讓一點陽光鑽進來，會亮得你難以入眠或是自以為在睡午覺。你啊，不是大鏢客，而是精神恍惚需要趕快睡覺的唐吉訶德！

在尹努維克的最後一頓晚餐我點的主菜是由麝香牛、麋鹿和馴鹿三種肉湊成的拼盤。肉質類似又缺特色。這三種肉以前都吃過，這次再度重逢一點也沒有喚起味蕾的回憶，心中有些沮喪。倒是和鄰桌一對白髮夫婦的一小段對話，至今回想起來仍然忍俊不禁。先生先釋出善意，給我一個淺淺的微笑，靦腆地問道：「你是不是本地人？」身在阿拉斯加地區，這個問題我一點也不陌生，不是第一次了，被以為是印第安人或是愛斯基摩人。倒是他太太帶著訝異的表情覺得先生不該問這種問題，隱約地我還瞄到她踢先生一腳。雖然我很想逗逗他，讓他猜猜我到底是愛斯基摩人還是印地安人？不過我還是據實以告，我只是一個從新澤西來的觀光客。這下子太太精神來了，說他們也是從新澤西來的。追問到最後，我們都住在同一個小鎮，開車只要兩分鐘的距離。毗鄰若天涯，天涯又毗鄰。是的，我是他們的本地人。

在旅途中我非常喜歡和陌生人聊天，不論是當地人或是遊客都非常有意思。面對當地人我是孔夫子入太廟，每事問。這不就是我們不遠千里而來的目的嗎？至於同是遊客，萍水相逢不欺生，出門在外的心境雷同，更是天南地北無所不談。除非我比一般華人更像這裡的原住民，否則老先生的問題再加上我想逗他的問題便是：到底是愛斯基摩人還是印地安人，長得比較像華人？回答問題之前，先要分辨出這兩種人長相的差異，或者更要先問這兩種人在歷史和地理上是如何的不同，就讓我們一起到天涯海角去找答案吧！

賭城裡有賭場讓人賭錢，
卻有更多的結婚教堂供人豪賭人生。

13 非賭徒

第一次到賭城拉斯維加斯（Las Vegas）是在一九九〇年左右參加「作業研究」（operations research）的年會，並發表一篇研究論文。所謂的作業研究乃是大學裡工商學院的一門學問，探討如何做最佳的決策，譬如說一個公司如何能用最少的成本，賺最多的錢，供貨中心該設幾個，在那裡等等。它研究問題的範圍，包括之廣，可以說是無奇不有。只要有決策要做，我們都可以來研究看看，以科學的方法，找出最好的辦法。

參加年會的人多是學術界或是大公司裡的研究學者，在開會之餘，對上賭場該有什麼樣的對策，應該有所準備。因為這也是作業研究的課題之一啊！年會是在一家著名的大賭場旅館內舉辦的，不時可看到與會人士在牌桌上做他自己的作業研究，驗証一下自己的策略是否有所誤差。當然啦，我這麼說是替這些人維護一點學術尊嚴，他們也像一般人一樣在可容許的輸錢範圍內，做最好的決策和碰碰運氣，冀望能掙個幾百上千塊錢回家。據我自己的研究結果，用肚臍想出來的，最佳的策略是避開賭桌，想都別想它，碰了它還會毀了學者的一世英名。當一位以作業研究為專長的大學教授在賭場輸錢，要教人如何去相信他教學和研究的能力呢？至於玩玩小本經營的老虎機又如何？那更慘！想自殺也不必用小刀子來折磨自己。

那麼有策略的職業賭徒怎麼過活的？別忘記，大賭場直接或間接地養著一批也是作業研究的專家，設置賭具，請君入甕。讓你輸得心服口服，因為你覺得和莊家大致是機會均等的，其實不然。這一點差別賭客是不會計較的，要計較就別來。至於賭場用文明的規則應付不了的職業賭徒，就只好請出監視器，最後以武力解決，將你掃地出門。因此在賭場內是沒有活得自在的職業賭徒。幾年前有一批訓練有素的麻省理工學院師生也只能偷偷摸摸地來撈幾筆。他們以學術研究的成果，找出策略，付諸行動，用記牌來換取較好的機率，在賭場上打敗莊家，名留賭城青史，這比起賭博所賺的錢有意義多了。所以，先要認知到只要上帝存在著，賭具一定會照著上帝指示的機率運轉，基本上莊家便立於不敗之地。偶然讓來賓贏兩手高興一下是機率的傑作，也是必然應該的，同時這也是給賓客一個危險的誘餌。至於想要反敗為勝或乘勝追擊，企圖拉長時間打敗莊家，就像要推翻有上帝正字標記的機率一樣，是不可能的事。所以商場上有所謂的「打不倒敵人就加入敵人的陣營」便成為我在賭城的最高戰略。

每天飛機一架又一架，巴士一輛又一輛地從外地載人擁入賭城，幾天之後留下鈔票空手走人。賭場是明顯的贏家，加入賭場的陣營就是去買他們的股票，當莊家背後的老板。一九九一年秋天，我離職在家單打獨鬥做另類的作業研究，買賣股票。很快地我想起那些只准自己收錢，不准別人贏錢的賭場。那個時候已先有幻象（Mirage）、紅鶴（Flamingo）、凱撒宮（Caesar Palace）等等賭場，金字塔（Luxor）、米高梅（MGM）和金銀島（Treasure Island）還正在待產中。整個賭城欣欣向榮，幻象、馬戲（Circus Circus）等上市股票節節上升。

有一回全家去猶他州(Utah)的國家公園旅遊，在賭城下機過夜，隔天再開車出發。那個晚上我美其名曰商業考察，獨自到各賭場逛逛，看看哪一家人氣較旺盛，驗証一下股市分析師所言。翌晨下單買到賭場股票之後，並立即下單賣股票，才上路出發遠離紅塵，開始全家的峽谷假期。一禮拜後返回賭城，股票早已獲利賣出，所得遠遠超過這趟旅費，於是高高興興地搭機回家。

在飛機上心想這一回到賭城，讓自己十足地站在莊家這一邊，服膺上帝所創的機率，驗証了自己的戰略，甚為得意。看看同機的其它旅客精疲力竭閉目養神的樣子，想必做了什麼勞命傷財的事，原來就是這些人夜以繼日地造就了今日賭城的金碧輝煌。善哉！當然，我還得感謝他們提供我們全家這趟免費的假期。不過好景不常在，不出幾年，賭場的生意漸漸地飽和，股票也就江河日下。

十年歲月韜光養晦之後，東方出現一片沃土。賭場老板又作業研究一番，前進澳門，如法泡製。莊家終究還是贏家，賭客還是「花點錢，玩玩嘛！」為自己做過的蠢事粉飾一下。人們前仆後繼，貪婪愚昧，代代相傳，古今不變。這也正是賭場的活水啊！人類的貪婪愚昧。

這二十多年來搭機到賭城不下六十次，每次都只到幾個有主題的賭場逛逛，欣賞這個資本主義發展到極致的地方，卻從不碰，也懶得看，那些吃人錢包的玩具。那麼我是自命清高的衛道士嘍？不，一點也不是。我和大家一樣都是賭客，只是用不同的工具賭不同的東西罷了。我說你也是賭徒，你聽了先別不高興。讓我點醒您，你我都是人生的賭客。當年在結婚典禮時，牧師問你是否願意娶她為妻或嫁他為夫，你毫不遲疑的一聲「愛賭」（I do）。豪賭了下半輩子的幸福，這是多大的賭注啊！我想這才是一個人一生之中最大的賭博，不是嗎？賭城裡有賭場讓人賭錢，卻有更多的結婚教堂供人豪賭人生。

記得五十年前在台灣有一種不是肥皂的清潔劑叫「非肥皂」，用起來比一般的肥皂還厲害。而我既不上賭桌又不碰賭具，看起來一點也不像賭徒，那麼就叫我「非賭徒」吧！

妳生日，我年輕了一歲！

14 生日快樂

歐遊結束回家前，全體台大校友旅行團五十二人在布拉格包下一家小餐廳度過離別晚宴。有兩位太太正好是當天生日，其中一位是阮查某人。現場有兩張生日卡供人簽名。於是即席寫了三款可公開的賀辭給她，並親自朗誦，自娛娛人。

當我寫下妳生日讓我年輕了一歲時，我嚇壞了。像阿基米德光著身子衝出浴缸一樣，我發現了數學大定理。只要有親友過生日，引用一次定理。將昨天的歲數減一，就是今天的歲數，用筆記下這個明天的昨天歲數。明天再運用定理減一歲。如此這般，很快就會返老還童。希望各位別以為我老愛佔人便宜，也請原諒我這個數學鴉鴉烏，胡來亂搞，讓你一天年輕一歲。至於可樂冰淇淋和蚵仔煎，都是我的最愛。就請您唸唸這些親蜜小箋吧！

賀辭一

我的蜂蜜，
可樂冰淇淋，教我如何不甜蜜？

妳給我可樂冰淇淋，我還妳甜言加蜜語，好嗎？

妳的蜜蜂

賀辭二

秀秀嫂，

昨天我大妳三歲，今天只剩大兩歲，我年輕了一歲[1]！

妳生日，我快樂！

鴉鴉烏

賀辭三

[2]**O mio tesoro,**

但願人長久，千里共嬋娟；蛋麵粉常有，[3]請你蚵仔煎。

小林

---

1. 歪理：假如你今天過生日，則昨天我大你 n 歲，今天只剩大 $n-1$ 歲，我年輕了一歲！或昨天我小你 n 歲，今天小你 $n+1$ 歲，我年輕了一歲！
2. O mio tesoro 意大利文的我的寶貝。
3. 做蚵仔煎要用蕃薯粉，不是麵粉。

他抬頭星星月亮，我呢？高樓燈亮；
他傾聽蟲鳴鳥叫，我呢？車吼喇叭叫……

15 雨林和海島

達爾文在太平洋海上的格拉帕哥斯(Galapagos)羣島記錄並採樣當地物種，回到英國後提出了物種進化論，震驚世界，影響後來的各種人文科學的思想。格拉帕哥斯羣島上的生物自此以後不得安寧，成為全球愛好旅行人士的參訪目標。紐約的台大校友一行三十六個人，在賴學長帶領下於二〇一二年八月十九日從紐約出發，飛抵 厄瓜多爾(Ecuador)的首都基多(Quito)，過一晚。先到厄國境內亞馬遜河(Amazon River)上游的納波河(Napo River)地區，深入熱帶雨林，

厄瓜多爾的首都基多是個山城。

住茅屋三晚，了解動植物的生態。回到基多再住兩夜。轉往格拉帕哥斯羣島，在海邊旅館停兩晚和海上船艙過四夜。離開群島，回到厄國的港都瓜亞基爾(Guayaquil)，停留一夜一天，才北飛回國。前後總共兩個禮拜。

順便報告一點數字，亞馬遜河長四千英哩，世界第二長河流，僅次於尼羅河。河流流域面積，世界第一，有一百九十五個台灣大，佔南美洲面積40%。河流出水量也是第一，佔全球所有河流總出水量百分之二十。

抵達基多的第二天早上搭機，向東飛到可卡(Coca)，這是納波河畔一個人口四萬五千的小鎮。這個納波河正是亞馬遜河最大的上游，所以在可卡泛舟順流而

都市坐落在整個斜坡地，馬路狹窄。

湖面倒影清楚，寧靜如鏡。

下，就會進入亞馬遜河，經過祕魯和巴西，流入大西洋。我們將在熱帶雨林裏的沙家旅店(Sacha Lodge)度過三晚。在可卡坐上瘦長的馬達舢板，在寬廣的河面上，往下游淩波飛奔而去，約一個半小時後下船，步行三十分鐘，到達水邊換乘約八人座的獨木舟穿過幽靜的沼澤叢林，再橫越一個水波不興的碧綠湖面，到達沙家旅店。

這個深藏在雨林裏的旅店擁有五千英畝蠻荒濕地，行人的小徑和划舟的水道隱約其間，讓來自文明世界的人士有一個與大自然為伍的假期。三十五個寬敞的房間，兩間一併為獨立木屋，連接上通往旅店中心的木板步道。這個接待賓客的木屋簡單實用，樓上是酒吧客廳，樓下是供應三餐的餐廳。屋頂就地取材覆蓋著厚實的皇家棕櫚(Royal Palm)葉茅草，造型融入四周雨林，十分迷人。屋外就是獨木舟出入的小碼頭，人員物資全靠這些細長的獨木舟進出雨林。環繞四野的蟲鳥競鳴，此起彼落，熱鬧不已，展現蠻荒十足的生命力。

在這裡我們有兩個早上，下午和晚上，六個時段進行各種不同的活動去認識雨林裏的動植物。一行三十六人，六人一組，六組人馬，分別輪流進行活動。每一組人由一位熟悉雨林生物也會說英語的嚮導和一位當地的原住民助手，一前一後帶隊進入叢林，介紹各種動物的習性，大一點也不過是猴子，鳥類，蝙蝠，蝴蝶以至小昆蟲。旅店也在附近建起數座高塔聳立在叢林裏，高度突出樹頂，讓我們爬樓梯登高，眺望四周無涯的綠色林海。雨林裏地面潮濕，就需要穿上高筒雨鞋，穿梭泥沼。有一個上午我們出來到納波河畔，搭摩托獨木舟去看成群結隊的鸚鵡在河邊的懸崖上舔食黏土，攝取礦物質。成千上百隻藍或綠的鸚鵡在綠色樹林的背景

沙家旅店是茅草蓋成的。樓下是餐廳，酒吧和客廳在二樓。

旅店在小湖邊。出入靠獨木舟，到湖的另一端。

裏，我們站在河中沙洲上遠距離眺望，用高倍望遠鏡才勉強分辨出來。距離靠近又怕驚嚇走鸚鵡。如此大量的鸚鵡聚集是亞馬遜河流域的奇景。

兩個夜間活動是漫步雨林和月夜泛舟。雨林的夜晚大小昆蟲出來活動，嚮導的手電筒所到之處多少會照到樹蛙，蚱蜢，蝴蝶，甚至小蛇。泛舟的夜晚一彎初月高掛，獨木舟靜靜地進入湖面，穿入狹窄的水道，嚮導在前照燈導航，助手在後划槳控船，情況與白天差別不大，只是另有一番暗夜探險的樂趣。湖面有亮光的地方就是旅店水道的入口，上得岸來。賓客和工作人員紛紛打烊休息，夜未央而人靜。我一人獨處大廳，享受著喧嘩後的寧靜，充滿百鳥爭鳴千蟲齊叫富有韻律的那種寧靜。

我們的印第安人助手帕布洛(Pablo)先生耳聰目明，小徑附近的嘶蟲啾鳥都逃不過他銳利的鷹眼。叢林偶爾微小的騷動，讓他輕舉雙手要求我們安靜，也都有所斬獲。一隻在老遠的樹枝上棲息不動的大林鴟(Great Potoo)，白天擬態樹幹枝條睡覺，晚上捕食昆蟲，隔著密密麻麻的枝葉，也被他指出來。路旁的樹蛙，蝴蝶，爬蟲等更是信手拈來。

他年屆甲子，沒有一根白髮，沒戴眼鏡，眼神謙遜不卑不亢。我常因攝影落在隊伍之後，他總是耐心地等著。帶著歉意望他一眼，看到的都是露出一口白牙的微笑。雖然我們言語不通，無法交流，卻也能感受到人與人之間善意的尊重，微笑是我們共同的語言。

很久以前看過亞馬遜河流域原住民生活的影片。印象最深刻的是當地人吃蟲，也請遊客分享。我早早就好奇地等待這一刻的來臨。這回帕布洛沿途介紹神奇的植物，採下一片類似包糯米糕的瘦長葉子，摺幾摺之後，點火燃燒起來，卻沒燒壞葉子。來到一棵棕櫚樹前，在

兩位嚮導帶六人一組深入雨林進行活動。

雨林的夜晚大小昆蟲出來活動，嚮導的手電筒所到之處多少會照到樹蛙，蚱蜢，蝴蝶，甚至小蛇。

樹幹上挖個洞，伸入手指，掏出一條肥滋滋的棕櫚蟲(Palm Worm)，除了頭尾有些深棕色，全身潔白的乳黃色，圓滾滾，軟趴趴的，有如一條會彎曲自如的香腸。皺著眉頭，收起笑容的帕布洛拔掉肥蟲棕色的頭部，將乳黃色的肉身往嘴裏送，生吃下去了。我想這是他身藏的一技之長，也是我此行的期待。

我自稱敢吃是嚇唬人的，只是敢與不敢的界線比一般人模糊些，不是那種死也不敢。比平常人多一點包容，多一點好奇是我的個性，也是我的人生哲學。眼睜睜地看著肥蟲入口的那一刻，我想到，帕布洛何人也，予何人也？有為者亦若是。只想到吃了也不會怎樣，不會怎樣就可以吃，而不去想吃又怎樣，那就不必吃了。我想這就是積極進取，冒險犯難的動力。人生的進取是應該的，適度的冒險是必要的。這趟旅行各種冒險都多一點，都在可輕易容忍的範圍內，也因此多看一些平常看不到的動植物，多冒一點險很值得。經事後詢問，只有另一小組的助手吃了一隻大螞蟻后，其他小組就沒這個運氣看到叢林的沙西米了。

帕布洛先生身強體壯，擁有十三個孩子，二十二個孫子，出自一個太太。我和他同歲，兩個孩子，沒有孫子，含飴弄孫，遙遙無期，只有太太和他的一樣多，不多不少只有一個。看得出來我們人生經歷大相徑庭，我尋遍一身所有，除了一大堆城裏人有

帕波洛，生吃棕櫚蟲。

的通病，找不到什麼讓他欣羨的東西。他卻到處藏寶，吃喝不愁。他抬頭星星月亮，我呢？高樓燈亮；他傾聽蟲鳴鳥叫，我呢？車吼喇叭叫；他椰汁果漿解渴，我呢？汽水可樂打嗝。他蔬果鮮肉裏腹，我呢？薯條漢堡下肚。他所到之處，葷素皆俱，俯拾即是，有如蘇東坡筆下的清風明月，取之不盡，用之不竭。哪天讓帕布洛先生帶路，空手深入雨林數日，不帶瓶水，不帶食物，仰仗大自然，融入大自然。如何？將會是一個多麼輕鬆的旅行啊！棕櫚蟲包在竹葉裏，點火燒烤，烤熟一點，像烤香腸，就吃了吧！每個人四條蟲，一顆椰子當午餐。至於晚餐，就不知道帕布洛要給我們吃什麼山珍海味了？一定很補的，看他一家大大小小將近四十人的浩繁人丁是如何製造，茁壯出來的？

結束在亞馬遜河上游的旅遊，我們回到首都基多，住進第一天住過的旅館。雖然不是金碧輝煌，但是十分寬敞舒適。我們有一天半的市區觀光。我是小小探險家，單獨步行離開旅館通常不超過兩個紅綠燈之遙。這就夠讓我碰上一家格調不俗的中餐館，氣派的大門外有一名持槍荷彈穿防彈衣的警衛守著。這是拉丁美洲街景的特色。簡單的一碗雲吞麵是嘗試異域口味的好奇多於充飢。回到旅館，遇上正牌的探險家甘學長夫婦，一起搭的士到大購物中心。我愛到大購物中心觀光是把它當作活生生的當代博物館，看看都市裏的購物能力和生活水平。美食區人最多，觀看超大銀幕的足球大賽，國際球賽的觀眾，眾志成城，沒有矛盾。一致的嘆息，一致的歡呼，似乎少了一點熱情和瘋狂。依我推測，這些人只能算是二流球迷。一流球迷在這個時候是不該有逛街的二心，而是陷在啤酒罐和紙杯紙盤裏，讓吆喝叫囂去宣洩情緒。

基多是山城，海拔不低，山丘谷地，上下交錯，很多馬路斜坡很陡，具有安底斯山 (Mt Andes) 的地理風味。過去北上的印加帝國到這兒已是強弩之末，因此這裡人種膚色的結構大異於東南方的祕魯，多了一點牛奶，少了一點咖啡。我們在市中心的總統府官邸，教堂等等政教建築物裏外逛了一陣，再到郊區的赤道地標。這個人造名勝的地上有一條黃線，線的兩邊各為南北半球，拍照的遊客妙姿百態。多數人是雙腳一南一北簡單呈大字狀，其他人有站在赤道上不南不北者，有赤道通過肚臍者，有夫妻分站南北半球還能擁抱在一起者，有留在北半球與人在南半球的舞伴跳華爾滋等等。我呢？躺在地上，讓黃線穿過頸下，靈慾分開。理性的頭部留在北半球，家庭事業加上鈔票都在那裏。讓會搖擺扭動，浪漫的軀殼留在南半球，跳森巴探戈，作樂去吧！

離開基多，向西飛往格拉帕哥斯群島。飛機場是在一個無人居住的巴爾特拉(Baltra)亦稱南西摩兒(South Seymour)荒島上，有小船載人接駁到旁邊的大島聖塔克魯茲(Santa Cruz)。我們在海邊的一家旅館過兩晚才登上聖塔克魯茲號遊輪，只能容納

樫鳥。

九十人的小船，也是允許的最大船隻。船雖小三餐卻不差，我住在廚房上的房間，走下一個樓梯就是餐廳門口，很方便。船小在大海裏航行就左搖右晃，非常不舒服，所幸都是在夜深到天亮之間才航行，當它是搖籃吧。這一級的小浪根本撼動不了大遊輪，這是遊輪大小最大的差別。

聖塔克魯茲號白天泊船在島嶼旁的港灣裏，放下數艘可容納十來人的橡皮艇，讓我們登陸觀光或不登陸在海岸旁看岩壁上的動植物。登陸有兩種，濕登陸和乾登陸。濕或乾就是登陸時腳會不會弄濕，會事先通知我們，及早穿對鞋子和褲子因應。首先讓橡皮艇緊靠在船邊的階梯下，我們穿好救生衣一個接一個走下階梯，在橡皮艇上坐好，開向不遠的沙灘或岩岸。橡皮艇衝向沙灘，我們就得跳下水不及膝的淺灘上岸。假如靠向岩岸上的臺階就是可以不沾水的乾登陸。三天來多數是濕登陸。登陸看什麼呢？

赤道附近海島上的動物多是直接討海為生，海鬣蜥(Marine Iguana)，海豹，螃蟹，鰹鳥(Booby)都是。但也有獵鷹類如當地特有的格拉帕哥斯鷹(Galapagos Hawk)和白天覓食的短耳貓頭鷹(Short Ear Owl)。熔岩蜥蜴(Lava Rock Lizard)也隨處可見。

陸龜。

鬣蜥種類多，但是會游泳的海鬣蜥是這裏獨有的特產。說牠們是特產，讓我有點不安，因為很多國人會說哪有特產不能吃？不怕你吃，這種既黑又醜的動物，諒你也沒有多少胃口。我說牠醜是草率些，為的是要嚇跑饕餮客的，尤其是嗜食烏骨雞相信越黑越補者。牠們全身烏黑不亮，到底長像如何，我真沒近距離仔細清楚看過。實在是因為太黑了。不過後來我們看了牠會爬樹的遠親綠鬣蜥，長得一身蜥蜴特有的龍蟠帥氣，又色彩秀麗。海鬣蜥應該長得不差。膚色不該影響我們的好惡，這個認知已經從人類開始做起，寄望能澤被萬物。

鰹鳥長得文質彬彬，依雙腳帶蹼的顏色有三種不同的鰹鳥，天藍，橘紅和灰色。藍腳鰹鳥那雙天藍色的大腳特別漂亮，動物身上稀有的天藍色，看來清爽別緻。同一個天藍色卻落在紅腳鰹鳥細長堅硬的喙嘴上，真奇妙。鰹鳥在飛行中可隨時垂直衝入海裏，游水覓食。海邊鮮豔的橘紅色螃蟹，

細紋方蟹(Sally Lightfoot Crab)，頭部帶有一點藍色，加上高姿態的蟹行，顯得霸氣十足。尤其看到兩隻螃蟹徒手蟹鬪，螯舉威揚，一次的交鋒之後，就露出氣勢的高下。不必爭得你死我活，斷臂殘肢，一進一退，勝負大勢底定。在岸邊的海水裏我們也看到大玳瑁海龜和當地特有的小環企鵝(Galapagos Penguin)。至於植物，荒島火山岩或沙土的地質多長的是如仙人掌等耐旱植物。這裡有暗橘紅色樹幹的高大仙人掌，掌肉上還會長很多果實。海邊看魚也有乾濕兩種。不游泳的旱鴨子，乾坐在有玻璃底的小船，往船底看水下的活動。有熱帶魚，沙魚，海獅或是成群小魚等等，能看到什麼要靠運氣。水底看似不動的海星最容易看得到。至於會濕身的浮潛(Snorkeling)，每天都有機會下水，享受逐魚之樂。

我們在聖塔克魯茲島參觀了野生和圈養的陸龜。回到美國兩禮拜了，有團員還念念不忘兩隻當地的名龜。一隻是香火滅絕的寂寞喬治(Lonesome George)，另一隻是香火鼎盛的超級迪亞哥(Super Diego)。

今年六月剛過世的喬治盛名不該在牠的寂寞，而在牠是自己的族裔最後碩果僅存的事實。人們說牠寂寞，保育人員是不讓牠寂寞的，只是牠生

前對非我族裔的雌龜興趣不大，殊不知同族的雌龜已全沒了。或許，牠和保育人員的溝通一點也不通，不知道牠自己是瀕臨滅種的關鍵大烏龜，身負繼往開來的使命，不能再挑三揀四，要趕快創造宇宙繼起的生命了。人類不知道牠的貴庚幾何，加上官方根本不知如何挑選牠有興趣的靚龜，為牠送來兩位女朋友，牠都意態闌珊。難得有一個女朋友生了蛋，卻功敗垂成，沒孵出小烏龜，真急煞保育人員。

反而超級迪亞哥的風流行徑最符合保育的需求。以人類之心度烏龜之腹，快樂就好的迪亞哥才不管什麼傳宗接代的偉大任務。宅急便送來眾多的龜姑娘，不論老少美醜都能雨露均沾。現年約一百三十歲的牠估計有一千七百個龜兒子龜女兒。迪亞哥無心插柳為自己的龜族傳承香火，能力真行，居功厥偉，我因此敕牠中文封號「超行公」。至於生不逢時，背負歷史重責的喬治，黯然熄燈，撒手龜寰。可惜高壽不詳，生前被人類以無後為大所逼，真為盛名所累。悠悠我心，追諡喬治為「掩燈公」。不論喬治或迪亞哥，這裡的大烏龜頸部特長，頭型面貌長得和電影裡，具有人性的外星怪物，ET一模一樣，不是巧合，是ET的造型來自這裡的烏龜。牠們的老少憑著外表的滄桑或許看得出來，分辨美醜就難了，更何況是牠們的喜怒哀樂。

校友看著剛燕好之後爬過來的雌龜，陳學長愛管龜事、閨事、龜閨事，說牠很高興的樣子。噢喔！這回哲學大師莊子非要面對惠子的巧辯不可了，「子非龜，焉知龜之樂也。」山雨欲來風滿樓，這時我真替陳太太感到難為情，陳學長的意思是……。一向木訥的陳學長竟然洩漏了天機。他沒料到邏輯的推理會推出什麼想不到的八卦笑話，一句高興的事，暗藏玄機，君子能不慎乎？天下本無事，陳學長無事去吹皺一池春水，引來飯後笑談，獨樂化作眾樂，也算美事一樁。依家教，照往例，嘴巴不牢靠的陳學長又被夫人訓斥了一頓。

離開格拉帕哥斯羣島，飛回南美大陸，厄瓜多爾的瓜亞基爾。這個貨物吞吐的經濟中心擁有人口兩百五十萬，也是厄國的第一大城。因應當地治安顧慮，又逢周末街頭人多，我們著重團體行動。晚間回旅館拿行李，赴機場搭機，經邁阿密，回紐約。

這趟校友會的旅行從打預防針吃藥，到塗防蟲防曬油，一開始就不輕鬆，結果收穫特別多，也特別難忘。有多難忘？回家那天一覺睡到天亮，醒來後走樓梯下樓時滿心歡喜。我還沒忘記，走下一個小樓梯就是餐廳門口，眼前該是排滿各種可口的早餐，等著我……難忘如南柯一夢！

這群男人既香又辣，對博愛座既愛又恨，
時間會讓你俯首就範的。

16 博愛座

臺北的公車和捷運都設有博愛座，讓需要座位的人有位子可坐。誰是需要座位的人呢？真是一件煞費思量，主觀多於客觀的事。

博愛座，能不坐就不坐，空著也是必要的。你怎忍心讓一個非常需要座位的人開口要一個位子呢？博愛座應是救急第一。假如你覺得再不趕快坐下，就會躺到地上去，那你是最有資格坐上博愛座的人。你的性別、種族、膚色、衣著、語言、教育程度都被一視同仁，沒有優待，也不會被扣分。唯有年紀和健康狀況是坐這位子的主觀條件，「看起來」年紀大、「看起來」健康不佳。比較容易贏得讓坐。其他外表正常，內有隱疾者就難以查證，難免被另眼相看，讓人心裏嘀咕「你是怎麼了？」所以空出博愛座是必要的。最怕是有小聰明的人，看空著的博愛座可惜，坐上以後由他的主觀來決定讓給誰坐？需要位子的人就往往被視而不見了。相反地，有人不喜歡別人讓位給他，像是在大庭廣眾之下被揭開年齡的秘密。尤其是長得少年老成的人，被不識貨的糊塗蟲讓給一個位子，真會讓人傷心透了。我當然不會忘記第一次有人讓座給我的場景，驚嚇兩字堪可形容當時的感受。

我是一位巴金森症輕度病患，在一般人眼裡我是有資格要一個座位的人。加上這一年來外表老化得快，多數人嚴重高估我的年紀，常常被好心人士請上博愛座。我也常常拒絕接受，站著對我一點也沒問題，因為我的聲樂課經常是沒休息，站著不停地唱兩三小時。可是經驗告訴我，左手有時無法控制的抖動，再不願接受博愛就顯得矯情了。所以，我上車時，假如沒有空位，就盡量保持正確的姿勢，抬頭挺胸，也不走遠以免露餡，並且站定後不動，這樣就不會讓博愛座來影響心緒。要是這時來了一位年紀看來更大的人士，一個博愛座就激起一陣漣漪，相互客套一番。像比武似的，比看誰身虛體衰，弱者贏了位子，輸了面子。這種場面，手抖不抖都是尷尬。博愛座真是是非之地，及早敬而遠之才是上策，因為我實在不需要一個位子，何況是一個無法讓人心平氣和的位子。坐在擂臺上等候挑戰比站在台下當觀眾還難過。

這一天我在關渡站搭上捷運，隨便找一個位子坐下，不是博愛座。面對著雙人的博愛座，坐的是年約六歲的男童和他的年輕祖母或者是高齡媽媽。坐在我左前方是位大我三歲，從華航退休的客機機長。看到我背著單眼像機就天南地北聊起來，談得十分投機。還不到北投站就沒空位了。北投站上來一對夫婦，大略是我的年紀，雖然衣著講究，但是男士的愁容是掩不住的身體病痛。兩人上車後轉身，站在博愛座前，背對著我。太太一隻手抓著車上把手，另一隻手扶著先生的背，看得出來男士是需要有個座位的人。等到車廂靠站不動，沒人下車空出位子，我就讓座給他。站在機長身邊，我們繼續談天說地。又過了幾站，男士右側的女士下車。仍愁眉不展的男士和他站著的太太示意要我坐下，還我一個座位。我婉拒他們的好意，告知我馬上到站下車了。溫馨的氛圍讓人感到時間的飛快，我留下機長問我的貴姓，還來不及問他的貴姓就到站了。愉快的談話之後，我真相信後會有期，會再遇到他。急著下車，忙著穿過人群，顧不了抬頭挺胸，留下巴金森的背影。走出捷運站，踏著歌聲的步伐走在暖冬近午的陽光裡，沒忘記要抬頭挺胸。這是多麼美好的一天，一個看似需要實則不需要有座位的人遇上一個看似不需要實則需要有座位的人。從錯誤的北投站開始，一個位子得到它最圓滿的歸宿，為小老百姓服務。像歌劇院裡的一齣喜劇，經過一點挫折以後，在男聲三重唱，快樂的旋律中落幕。我心中的喜悅自是不可言喻。

這趟捷運經歷像是喝了一杯帶有回甘的烏龍茶，喉韻爽口，齒際留香。三個花甲不老翁展現的是我們那一代男人的溫文儒雅，謙遜有禮，又熱心助人的一面。剛從職場退下，不落伍，有活力。上承孔孟老莊，下接蘋果谷歌，穿過美援麵粉袋，吃遍王品牛肉排。一生縱貫千年文化，足跡橫跨萬裡山河，這群男人既香又辣，對博愛座既愛又恨。不服氣的歐吉桑啊，時間會讓你俯首就範的，由不得你不喜歡！

有挫折才有喜劇。假如大家都知道該由誰來坐博愛座，捷運就少有喜劇可看了。臺北的捷運車廂是個小小劇場。天天、車車、時時散發著臺北人的愛心和人情味，臺北人也因此為傲。

薪火 林華泰茶行 老三的故事

作　　者：林秀全
美　　編：諶家玲
封面設計：諶家玲
執行編輯：張加君
出 版 者：博客思出版事業網
發　　行：博客思出版事業網
地　　址：台北市中正區重慶南路1段121號8樓14
電　　話：(02)2331-1675或(02)2331-1691
傳　　真：(02)2382-6225
E—MAIL：books5w@gmail.com
網路書店：http://bookstv.com.tw/
http://store.pchome.com.tw/yesbooks/
博客來網路書店、博客思網路書店、華文網路書店、三民書局
總 經 銷：成信文化事業股份有限公司
劃撥戶名：蘭臺出版社　帳號：18995335
香港代理：香港聯合零售有限公司
地　　址：香港新界大蒲汀麗路36號中華商務印刷大樓
C&C Building, 36,Ting, Lai, Road, Tai,Po, New,Territories
電　　話：(852)2150-2100　　傳真：(852)2356-0735
總 經 銷：廈門外圖集團有限公司
地　　址：廈門市湖裡區悅華路8號4樓
電　　話：86-592-2230177
傳　　真：86-592-5365089
出版日期：2014年6月 初版
定　　價：新臺幣350元整（平裝）
ISBN：978-986-6589-84-3

國家圖書館出版品預行編目資料

薪火——林華泰茶行老三的故事 / 林秀全　著　--初版--
臺北市：博客思出版事業網：2014.6
ISBN：978-986-6589-84-3（平裝）

855　　101020068

現代文學 14